어려서 그럴습니다

어려서 그렇습니다 **

뜻대로 되지 않아도 뜻대로 사는 나

김영지

글·그림

디플롯

차례

프롤로그

—

뜻대로 되는 것은
없을지라도

(법적) 어른이 되기 전 흔히 하는 착각

(법적) 어른만 되고 어른이 아직 안 되었을 때 깨닫는 것

어른이 되면 하고 싶은 것을 다 할 수 있을 줄 알았지만,
현실은 오히려 반대였다.

무언가를 하고 싶다는 마음은

숙제처럼

저 마음속 깊이

쌓이고 쌓일 뿐이다.

저 깊숙이 숨어 있는
'하고 싶은 마음'을 찾고 싶어도

나잇살처럼 파파 느는
책임감과 부담은 이를 쉽사리 허락하지 않았다.

그러다가 별안간 깨달았다. 무언가에 도전하려면,
어른으로서 주어진 과제를 다 해결한 후가 아니라,
잠시 옆에 내려놓았을 때 할 수 있는 것은 아닐까.

어른의 숙제를 끝내고
찾아가는 것이 아닌

꼬꼬마 아이처럼
마음속 깊은 곳의 과제를
대면하는 것이다.

물론 그 과정은 쉽지 않을 것이다.

꿈과 현실의 위태로운 줄다리기 속에서
하루하루가 불안한 발걸음일지도 모르겠다.

그렇지만 그 과정에서

오롯이 나를 향한 선택을 한 발 한 발 내디딜 때

불안하지만
불안에 지지 않는 삶을
살아갈 수 있지 않을까.

뜻대로 되는 것은 하나도 없을지라도
모든 것을 뜻대로 하는
그런 삶 말이다.

1
—
계획하지 않는
삶

퇴사의 계기

결국 퇴사했다. 회사가 싫었던 것은 아니다. 실은
대체로 만족하며 다니는 편에 가까웠다. 어김없이
아침이면 일어나 애써 피곤함을 떨쳐내며 지하철을
타고 출근했으며, 내게 주어진 업무들을 하나둘 성실히
해치우며 간혹 웃기도 간혹 일의 즐거움을 느끼기도
했다. 퇴근하고 집으로 향하는 길에선 또다시 습관처럼
피곤이 몰려들었고 나의 일상은 타성이란 중력에 잔뜩
무거워졌다. 그럴 때면 어김없이 마음 저 깊은 곳에서부터
바람이 불어왔다. 회사를 떠나 자유롭게 살아가는

사람들을 동경하고, 그들의 용기를 부러워하고 존경했다.

나는 스무 명 안팎이 근무하는 디자인 스튜디오에서
일했다. 첫 정식 직장이었다. 대학을 졸업하기 전 큰 규모의
회사에서 인턴으로 일하며 비합리적이고 비생산적인
운영방식을 경험한 터라 나는 그곳과 정반대의 직장을
찾았다. 합리적이고 효율적인 의사소통이 가능한 크지
않은 규모의 회사. 대학 졸업과 동시에 유일하게 지원한
곳에 운 좋게 취업했고, 두 해 가까이 큰 어려움 없이
다니고 있었다. 그러나 결국 나는 퇴사하기로 했다.

퇴사 이유는 복합적이었지만, 가장 큰 이유는
언제부턴가 설렘이 사라졌다는 것이다. 무언가를 하고
싶다는 욕망이 사라졌다. 월급, 인센티브, 프로젝트
매니저라는 자리, 이름 있는 클라이언트…… 그 어떤 것에도
설레지 않았다. 어떤 당근에도 혹하지 않던 나는 바야흐로
21세기 사춘기 낙타가 되어 있었다. 누구보다 열심히
일했지만, 내 가슴속에는 설렘과 즐거움 대신 책임감과
부담감이 자리 잡고 있었다.

친구에게 물었다. 동료와 선배에게 고민을 토로했다.

그리고 우리는 잠정적 결론을 내렸다.

"인생 노잼 시기. 다들 그렇게 살아."

　　퇴근시간을 목 빠지게 기다리고 저녁이 있는 삶과
즐거운 주말을 보내는 것이 마치 인생의 목표 같았다.
그것이 99프로 직장인들의 평균적 삶이라고 다들 말했다.
나도 지금껏 순응하며 살았다. 일상이란 사막 속에서 퇴근
후의 소소한 즐거움을 오아시스로 여기며 묵묵히 걸어가고
있었다. 주말의 삶이 가뭄 끝 단비마냥 나의 갈증을
채워주었지만 언제나 충분하지 않았다. 나는 또다시
목말랐다.
　　퇴사하고 꿈을 찾아 길을 나서는 사람들, 아무런
연고도 없는 미지의 땅을 찾아 여행하는 친구들, 과감히
진로를 바꾸고 새롭게 도전하는 사람들을, 나는 언제나
동경했다. 그들의 떠남, 여행, 도전, 그 자체가 부럽지는
않았다. 내가 내일 당장 퇴사하더라도, 돈이 충분히
있더라도, 뜬금없이 세계일주를 결행하거나 카페를

차리거나 무모한 도전에 나서지는 않으리라. 나는 그들의
'행동'이 아니라, 그들을 행동하게 만들었던 '단단한
마음'을 주목했다. 나는 그 마음에 '용기'라고 이름 붙였다.
의문을 품고 답을 찾아 떠날 수 있는 용기. 나는 그 용기가
부러웠다.

"퇴사에는 계기가 필요해."

고등학교 친구이자 퇴사 선배인 이양의 조언이다.
때로 억울한 일을 겪거나 클라이언트와 충돌하거나
고된 야근이 계속될 때, 나는 종종 울컥했으나 대부분
하룻밤 지나면 다시 잠잠해졌다. 울컥했던 감정은
파도처럼 들이닥쳤다가 파도처럼 사라졌다. 겁 많은 나는
안도하면서도 어이없었다. "나한테도 퇴사의 결정적
계기가, 내가 용기를 낼 타이밍이 오긴 올까?"

퇴사의 계기는 내가 상상하지 못한 순간에 다가왔다.
잠시 휴직했던 때가 있었는데, 그간 마음만 먹고 실천하지

못 했던 소소한 일들을 했다. 소홀했던 사람들을 만나고, 가슴속에만 품고 있던 것을 배우고, 나만의 프로젝트를 준비하며 밤을 지새우며 보냈다. 정말 오랜만에 가슴 뛰는 것이 느껴졌다. 스무 살 즈음 시도 때도 없이 느꼈던 '뭘 잘 모르는, 나이 어린, 철부지의 감정'이었다. 마음속 깊은 곳에 고이 보관해두고 있던, 철없다고 치부하던 그 마음들.

모험심과 호기심을 마음 깊숙이 꾹꾹 숨겨둔 나는 마치 '어른'이 되어가는 듯했다. 무수한 질문 대신 조용히 귀 기울이고, 말과 행동에 앞서 한 번 더 생각하고, 사고도 안 치고 맡은 일들을 척척 해내는 지금의 나는, 오랫동안 상상해왔던 어른의 모습에 근접해 있었다. 그러나 나는 마치 아빠의 커다란 옷을 입고 있는 것처럼 불편한 마음을 견디고 있었다. 목마름이 깊어지고 있었다.

그러다 문득, 그동안 잊고 지내던 나의 원래 모습이 기억났다. 나는 대책 없어도 '흥미로운' 사람이었다. 누군가에게는 철부지겠지만, 나는 꿈꾸듯 열정적인 내 자신을 사랑했다. 불나방마냥 자신이 선망하는 그 무엇을 향해 서슴없이 날아가는 치기 어린 나 스스로가 좋았다.

나는 초점 잃은 눈빛으로 반복되는 일상을 살아가는 어른이 될 바에는 반짝반짝 빛나는 꼬꼬마가 되기로 결심했다.

　　"해보고 싶었던 것들을 하나씩 해봐야지."

　　"배우고 싶었던 것들을 하나씩 배워야지."

　　"어딘가에 소속되기보다는 나 홀로 서는 힘을 기를래."

　　꼬꼬마가 되기로 결심하자 여러 계획이 순식간에 머리를 스쳐갔다. 상상 속에서 내가 한동안 잊고 지내던 '흥미로운' 사람의 모습이 떠올랐다. '흥미로운' 내 자신에게로 돌아가기로 결심했다. 그렇게 나는 퇴사를 결정했다.

　　퇴사를 결심한 후 이런저런 계획을 세웠다. 대학 졸업 후 등한시했던 일러스트레이션 그리기, 에세이 쓰기, 일본어 공부하기, 외국에서 한 달 살기, 목수 따라다니며 배우기, 작은 가게 준비하기 등등. 수십 가지 아이디어가 떠올랐다가 현실이란 도돌이표 앞에서 멈춰 섰다. 스물의

나와 스물여섯의 내가 다른 점은 티끌만큼의 현실감각이
생겼다는 것. 다행이었다. 퇴직금, 외주 디자인, 단기 알바
등등 수입과 지출 내역을 비교 분석한 후 결론에 이르렀다.

"굶어 죽지는 않겠다."

주변의 '어른'들은 여전히 나를 말린다.

"요즘 경기가 얼마나 어려운데……"
"회사라는 보호막이 벗겨지는 걸 감당할 수 있겠어?"
"계획은 구체적으로 세웠니?"
"회사 경력, 3년은 채워야 하지 않아?"
"박수 칠 때 떠나란 말이 있잖니, 좀 더 있어보는 게
어때?"

……등등 퇴사를 만류하는 어른들의 조언이 이어졌고
나는 마지막까지 고민했다. 그리고 그 질문들에 나만의
답안지를 채워나갔다. 특히, '박수 칠 때 떠나라'는 권면에,

'떠날 테니 박수를 받겠다'고 다짐했다. 2019년 어느 여름날, 퇴사하는 날, 직장 동료와 선후배들은 떠나는 날 한껏 응원하며 박수를 쳐주었다. 99프로의 확신을 가지고 있던 나에게, 그들은 나머지 1프로를 선사했다. 설상가상으로 운세어플에 '100'이 떴다. 온 우주가 나의 퇴사를 돕고 있었다.

"물을 만난 물고기와 같은 모습의 하루입니다."

오늘은 퇴사 5일 차. 아침 느지막하게 일어나 브런치를 즐기고, 오후에는 친구가 소개해준 알바를 하고, 또 다른 친구가 소개해준 전시 디자이너 지원서를 새벽 4시까지 작성했다. 아직까지 나는 행복하다. 퇴사에는 계기가 필요하다. 그럴지도 모른다. 하지만 꼭 무슨 사건이 필요한 건 아니다. 그저 오래전 가슴속 깊이 묻어놓았던 그 무언가를 발견하는 것, 그것만으로도 충분할지 모른다.

그래서
계획이 뭔데?

오늘도 어김없이 '그' 질문이 들어왔다. 갑작스러운
무직 선언은 모두에게도 충격이었는지, 내 얼굴만 보면
그렇게들 '그' 질문을 한다. 나는 반사적으로 똑같은
답변을 늘어놓는다. 일단은 쉬고 생각하려 한다, 어느 정도
모아놓은 돈이 있으니 당분간은 괜찮을 것이다 등등.

　　그렇게 대충 그럴싸하게 답하면 열에 아홉은 다른
이야기로 넘어간다. 물론 의구심 가득 찬 얼굴들은
여전하지만 '그' 질문을 잠시 모면할 수 있다면
그것만으로도 충분하다. 매일 이렇게 영혼 없는 답변을

늘어놓는 수밖에 별도리가 없기 때문이다.

계획이 뭐냐고 묻다니.
아예 계획이 없는 사람에게 말이다.

'계획이 없다'고 당당히 얘기하지만 내 플래너의
실상은 꽤나 다르다. 당장 오늘 날짜의 페이지만 봐도 해야
할 일들이 빼곡히 정리되어 있다. 내일 일정은 물론, 그다음
주를 위해 준비해야 할 것들이 촘촘히 기록되어 있다.
하지만 이 계획들은 어디까지나 계획으로 머물러 있을
뿐이다. 월, 일, 심지어 시간 단위로 계획을 세우면서도
본능적으로 알고 있는 것이다. 어차피 계획대로 안 된다는
것을 말이다.

스물여덟, 이 짧은 생에서도 계획대로 된 적이 없었다.
분명 학창 시절에는 그림 그리는 일을 업으로 삼기 위해
미술 공부를 했는데…… 지금은 키보드 앞에 앉아 글을
쓰고 있다. 입사 후 처음 참여했던 프로젝트가 출시되었을

어제의 좁은 시야에서 열심히 계획만
세우고 있는지도 모르겠다.

때는 동네방네 자랑하곤 했다. 그런데 3년도 못 채우고 그 설렘이 사라질 줄 누가 알았을까. 어긋나는 건 진로뿐이 아니다. 평생 볼 줄 알았던 몇몇 친구는 문자 안부조차 전하기 어색한 사이가 되었고, 접점조차 보이지 않던 몇몇 이들과는 내 선택 하나하나를 놓고 의논하는 소중한 사이가 되었다. 결국, 플래너의 빼곡한 계획들을 따라 그날의 목표를 달성하더라도 삶의 큰 그림은 계획대로 되지 않는 것이다.

그리하여 계획을 세우는 것이나, 계획했지만 어긋나는 것들에 대해 크게 연연하지 않기로 했다. 시시때때로 찾아오는 변수에는 조금 덜 당황해하고 갑자기 찾아온 기회에는 스스로를 닫아 두지 않는다. 어제의 내가 '오늘의 할 일'을 빼곡히 써놓을 수 있다. 하지만 오늘의 나는 '오늘의 할 일'에 매이기보다는 어제보다 조금 넓어진 시선으로 '오늘의 할 일' 너머의 방향을 구체화하는 것이다.

그림 그리는 일을 업으로 삼길 바랐던 학창 시절의 나는, 지금의 내 모습에 갸우뚱할 수도 있다. 하지만 지금의 내가 만들어지기까지 마주했던 수많은 이야기를 듣고 나면 절로 고개를 끄덕일 것이다. 되레 그 시절의 내가 쓴 계획들을 읽고 나면 괜스레 부끄러워진다. 그 계획대로 살지 못해서가 아니다. 그때는 보지 못했던 많은 것들을 지금은 볼 수 있기 때문이다.

이렇게 계획에 유연하게 대처하는 모습은 마치 물과 같다. 마치 컵 안의 물처럼 어떤 모습도 될 수 있다. 컵의 모양이 달라진다 하여 그 안의 가치가 달라지지도 않는다. 오히려 이 컵 저 컵을 거치며 얻은 경험들은 언젠가 그 빛을 발한다.

물론 이 말랑말랑한 삶의 태도에는 장점만 있는 것이 아니다. 특히 어리면 어릴수록, 경험이 부족하면 부족할수록 그 단점은 명확히 드러난다. 나는 매번 새로운 기회를 마주할 때마다, 과연 이 기회가 '누적되는' 경험이 될 수 있는가를 고민한다.

누군가는 하나의 목표를 두고 그것을 이루기 위한 관련 경험들을 차곡차곡 쌓아간다. 네모반듯한 큐브를 쌓아 올리듯 쉽고 효율적으로 경험이 축적된다. 그리고 어느 순간부터는 가속도가 붙어 어느 누구라도 그

누군가가 쌓아 올린 거대한 성취를 우러러보게 될 것이다.

하지만 내가 쌓아 올리는 탑은 그들과는 사뭇 다르다. 나의 경험들은 생김새가 모두 다른 비정형 블록일 것이다. 지금까지야 운이 좋아 이 경험에 저 경험이 더해져 결국 하나의 이야기로 확장될 수 있었다. 모양이 불규칙한 것들을 높게 쌓아 올리는 것은 여간 어려운 일이 아니다. 네모반듯한 블록은 아무렇게나 턱 하고 올려놔도 탁 하고 쌓여간다. 하지만 모양이 서로 다른 블록들은 쌓는 순간마다 이리저리 돌려가며 그 모양이 맞물리는 자리를 찾아야 한다. 나는 블록을 이리저리 돌려가며 자리를 맞추는 작업을 '기준을 세우는 과정'이라고 부른다. 하나의 경험 이후에 그다음 경험이 이전의 것과 연결되려면 그에 맞는 기준이 필요한 것이다.

목표를 정해놓는 것은 도착지를 향한 항해와 같다. 여러 섬을 하나둘 거치다 보면 언젠가는 그 목적지에 다다르게 된다. 하지만 기준을 세우는 것은 항로나 여정에 비유하기 어렵다. 오히려 '컴퍼스'에 비유하고 싶다. 컴퍼스의 뾰족한 침을 종이에 찍어둔 채 나머지 한다리로 원을 그린다. 이 원은 크기가 작아지기도 커지기도 하지만, 그 크기가 일정 범위를 벗어나는 법이 없다. 기준을 세우는 것도 그러하다. 내가 중요하게 여기는 어떤 가치를 중심으로 세우고, 거기서 너무 크게 벗어나지 않도록 계획을 짠다. 그 가치를 삶의 기준으로 삼을 수 있다면 아무렇게나 생긴 경험들을 쌓아가도 결국 하나의 커다란 원 안에 묶여 있게 된다. 그 기준이 남을 의식하지 않는 '나'를 위한 가치일 때 더욱 빛을 발한다. 요즘 나의 기준은 다음과 같다.

소중한 사람들과의 충분한 시간.

일하면서도 영감을 받을 수 있는 작업들.

계속 배우고 성장할 수 있는 환경.

막연히 동경하던 작은 꿈들을 실천할 수 있는 기회.

예를 들면 이렇다. 제주도로 훌쩍 떠나 사는 것은 전부터 꿈꿔왔던 선택지다. 하지만 나의 기준을 중심으로 생각하면 꼭 그렇게 좋은 선택지가 아닐지도 모른다. 내

소중한 사람들은 모두 서울에 있기 때문이다. 언젠가는
이 기준이 바뀌어 제주도에서의 한적한 삶을 살아갈지
모른다. 하지만 적어도 지금은 소중한 사람들과 보내는
시간이 더 중요하다.

일주일에 한 번 정도는 공사 현장에 나간다. 남들
보기에는 힘든 일일 수 있지만, 적어도 내게는 끊임없는
배움의 현장이다. 사무실에 있을 때는 알지 못했던 것들을
배우는 재미가 생각보다 훨씬 크다. 아무리 힘들어도 꼭 글
쓰는 시간을 갖는다. 매일같이 쓰던 디자인 프로그램 대신
문서편집 프로그램을 켜는 순간, 내가 그토록 동경하던
작가로서의 삶에 한 발짝 다가선다. 물론 글쓰기 실력에
진척은 없지만 말이다.

이렇듯 내 기준에 부합하는 일과들이 플래너에 빼곡히
쌓인다. 월요일에는 외주 미팅을 하고, 화요일에는 온종일
글 쓰는 시간을 갖기로 했다. 토요일에는 공사 현장이
하나 더 있다. 마치 멀리 떨어져 찍힌 점처럼, 서로가
쉽게 연결되지 않은 것 같은 작은 일과들이다. 누군가
이 플래너를 훔쳐본다면 전혀 연결되지 않는 듯한 나의

계획들에 고개를 갸우뚱할 수도 있겠다.

하지만 나는 분명히 알고 있다. 이 점들이 어찌 됐건 하나의 축을 기준으로 찍혔다는 것을. 개별 점들이 기준에 부합하는 정도는 다를 수 있어도, 모두 같은 곳을 바라보고 있다는 것을 말이다.

지금 당장은 이 점들이 불필요하게 보일 수도 있다. 일도, 글도, 관계도, 지금은 각기 다른 모양으로 산재되어 있으니 말이다. 하지만 매일매일 점 찍는 행위를 반복한다. 한쪽 다리로는 기준을 굳건히 세워두고, 다른 쪽 다리는 쭉 뻗어 또 하나의 점을 찍어본다. 그렇게 시간이 지나 개개의 점들이 촘촘하게 자리 잡게 될 즈음에는, 그 점들이 만들어낸 커다란 원이 한눈에 들어오지 않을까.

'계획이 무엇이냐'는 질문에 대한 '적합한' 답변은 이런 것일지도 모른다. 나의 최종적인 목표는 무엇인지, 그리고 그것에 도달하기 위해 하루하루를 어떻게 차곡차곡 쌓아가고 있는지, 내 여정의 청사진을 보여줄 수도 있을 것이다. 하지만 안타깝게도 나에게는 거창한 계획이 없다. 굳게 박혀 있는 기준만 있을 뿐이다. '그' 질문에 내가 할 수 있는 최선의 답변은 무언無言이다. 대신 하루하루 묵묵히 점을 찍는 모습을 보여줄 뿐이다. 그리고 이 석연찮은 답변이 잊힐 때쯤이면, 이 점들은 나를 중심으로 커다란 원을 형성했을 것이다.

그러므로 오늘도 어김없이 들어온 '그' 질문에 대한 나의 답변에는 영혼이 없다. 오지랖 넓은 추가 질문을 막기 위해 대충 둘러대는 말이기 때문이다. 당장은 그들의 석연찮은 얼굴을 마주해도 괜찮다. 언젠가는 이 기나긴 답변을 완성할 수 있을 테니 말이다.

태양을 중심으로 행성들이 회전한다. 사람들은 태양도 기억하지만 개별 행성들도, 그 모든 것을 아우르는 태양계도 기억한다. '나'라는 기준이 가운데 굳건히 서 있고 나의 작은 행보들이 그 기준을 따라 회전한다. 때로는 내가(태양), 때로는 나의 다양한 모습들이(행성) 누군가에게 기억되면 좋겠다. 이 모든 것을(태양계) 한꺼번에 기억해주면, 그리고 멀리서나마 내 작은 점들이 연결되어 만들어내는 수많은 행보들을(별자리) 찾아내주면 좋겠다.

직장인에서 프리랜서가 된다는 것

"멸지야, 네 얘기에 용기를 얻었나 봐. 내 지인도 이제
프리랜서로 살 거래."

친구 이양이 들뜬 목소리로 전했다. 내가 누군가에게
용기를 주었다니. 게다가 그 용기가 인생의 작은 선택으로
이어졌다면 이보다 감사한 일이 있을까. 이양은 나의
그런 마음을 눈치챘는지 눈을 동그랗게 뜨고 어떤 말이든
해주길 기다리는 듯했다. 무슨 답변이든 해야 하는데
어찌된 영문인지 머릿속에는 단 하나의 단어만 스쳐

지나간다.

　아뿔싸.

　　이양 지인의 선택을 타박할 생각은 전혀 없다. 다만,
축하 또는 감사의 한마디 이전에 탄식이 먼저 튀어나온
것은 마음 한편에 자리 잡은 죄책감 때문일 것이다.
'4대보험의 혜택을 받고 있는 건전 사회의 일원'에게 나와
같은 길을 걷게 하다니……

　　모두 프리랜서의 삶을 꿈꾼다. 월요병 없는 일주일의
시작, 부장님 눈치 보지 않는 자유로운 외근, 맘만 먹으면
몇 달씩 다녀올 수도 있는 휴가. 나 역시 그런 '프리'한 삶을
그렸다. 하지만 프리랜서의 삶은 핑크빛 로망과는 거리가
있었다. 가시밭길까지는 아니어도, 얇디얇은 외투 하나에
의지한 겨울 길 산책과 비슷하다.

　"축하한다고 전해줘."

오지랖 넓은 참견은 넣어두었다. 겸연쩍은 인사로
대신했다. 프리랜서로서 나의 삶을 예측할 수 없었듯이,
이양 지인의 삶을 함부로 예단하는 것만큼 경솔한 것도
없을 테니까.

물론 지금의 삶을 후회한 적은 없다. 출근을 위해서가
아닌 '나'의 계획을 위해 매일 아침 눈을 뜬다. 그렇게
하루를 시작할 때면 '다시 직장인으로 살 수 있을까'라는
생각마저 든다. 그렇다고 해서 회사 생활이 그립지 않았던
것은 아니다. 지금도 종종 누군가와 같이 먹는 점심이나
동료들과 기울이는 맥주 한잔이 생각난다. 그중에 으뜸을
뽑자면 두말하지 않고 '따박따박! 들어오는 월급 통장'을
얘기하겠다. (동료들에게는 미안. 여러분도 그리워요.)

회사를 다니던 시절 월급날은 매월 25일이었다.
26일에는 카드대금이 결제되었다. 그다음 날에는 쥐꼬리만
한 금액이 적금통장으로 자동이체되었다. 그렇게 월급이
통장을 '스쳐 지나가면' 아주 작은 흔적이 남았다. 그
흔적들이 몇 달간 쌓이면, 나에게 작은 여행을 선물할

정도의 금액이 되어 있곤 했다. 얼마나 빨리 그 흔적을 쌓아가느냐가 중요한 것이 아니었다. '몇 달 후면 여행을 갈 수 있겠지'라던가, '내일은 커피와 함께 디저트를 사 먹어도 되겠다'와 같은, 가까운 미래에 곧 소멸될 계획으로 버텨내는 오늘의 희망 같은 것이었다.

반면, 프리랜서의 수입은 가늠하기가 어렵다. 어떤 달은 한 달치 월급을 훨씬 웃도는 금액이 통장에 찍힌다. 어떤 달은 기본 생활비만으로도 통장의 잔고를 깎아 먹기도 한다. 따라서 나를 위한 소소한 계획은커녕 일상생활의 가장 기본적인 계획도 세우기 어렵다. 언제 수입이 들어올지 알 수 있다면 쉬울 것이다. 하지만 '일work님'은 절대 내 예상대로 찾아오지 않는다. 들어올 때 갑자기 너무 많이 들어오고, 정작 필요한 순간에는 그 흔적도 보이지 않는다. 그 때문일까. 지금 들어오는 '일님'이 언제까지고 나와 함께 있지 않을 것이라는 불안은, 프리랜서를 시작한 이래 지금까지 내 삶을 줄곧 따라다니고 있다.

수입이 있는 달에는, 그렇지 못한 달을 위해 재정을

비축한다. 몸이 너무 지칠 때마다 애용하던 택시는 그냥
지나쳐 보내고, 새로운 색으로 시도해보고 싶던 립스틱은
잠시 내려놓는다. 수입이 많든 적든, 당장의 통장 잔고보다
3개월 후, 1년 후의 잔고를 걱정한다. 마치 겨울잠 직전의
다람쥐처럼, 언제 들이닥칠지 모를 겨울을 위해 일단
아끼고 보는 것이다. '몇 달 후엔 어디로 떠날 거야'라든지,
'몇 년 후에는 집을 살 수 있지 않을까' 하는 직장인
친구들의 말은 이제 딴 나라 별나라 이야기처럼 들린다.

이렇듯 프리랜서 생활 전반에 깔려 있는 불안감으로
인해, 퇴사 전보다 오히려 더 많은 일을 하고 있는 듯하다.
출근만 하지 않았을 뿐 아침 일찍 눈을 뜬다. 야근수당만
받지 않을 뿐 밤늦게까지 작업하는 일상은 별다를 바가
없다. 누가 '프리랜서'라는 단어를 만들었을까.

'프리랜서'는 '프리'하지 않다.
전혀

회사에 다닐 때는 업무가 과중하게 몰리면 가욋일은

단칼에 거절하곤 했다. 하지만 겨울잠 직전의 다람쥐는 언제나 혹시 모를 미래를 대비한다. 양손에 일을 꽉 쥐고도 일단 일은 받고 본다. 일을 잔뜩 머금은 양볼이 펑 하고 터진 후에야 '내가 과했소' 하고 뒤늦은 후회를 하곤 한다. 일만 하면 오히려 나을지도 모르겠다. 회사라는 울타리에서 보지 못했던 수많은 역할들은 모두 나의 두 번째, 세 번째 직업이 되어버렸다.

예전에는 절대 나가지 않았을, 불편한 친구가 주선한 불편한 자리도 일단 나가 본다. 그 순간에 나는 영업사원이 된다. 난처한 질문을 너스레를 놓으며 넘길 때면 '나도 이제 사장님이구나' 하며 으쓱할 때도 있다. 하지만 타고난 내향인은 그런 자리만 끝나면 아무것도 할 수 없는 상태의 몸이 된다. 차라리 영업사원은 맛난 것이라도 먹으니 나을지 모르겠다.

얼마 전에 전세대출을 받으러 갔을 때 이야기다. 은행원은 너무 당연하게 '내 소득을 증명할 자료'를 가져오라 했다. 회사 다닐 때는 경리 분께 요청해서 제출하면 되었다. 물어볼 틈도 없이 빠르고 신속하게 자료를 휘리릭 준비해주었고, 그 세세한 내용에 대해 더 자세히 알 필요성도 느끼지 못했었다. 하지만 이제는 다르다. 회사라는 울타리를 벗어난 내가 대출을 받기 위한 과정은 매우 험난하다. 국세청 홈페이지와 네이버 지식인을 번갈아 가며 방문했지만 단계마다 여러 공백이 크게 자리 잡고 있었다. 낯선 외계어에 치여 꼬박 하루를 날린 후에야 은행이 요구한 서류를 절반 정도 준비할 수 있었다. 휴······.

프리랜서는 출근시간에 매이지 않고 월요병에서 자유롭다. 하지만 그것만으론 충분히 설명되지 않는다. 퇴근시간의 경계 없이 야근은 새벽까지 이어지고 주말 출근도 상수일 때가 많았다. 그래서 더욱이 '일하는 나'와 '쉬는 나'를 구분해주는 '온오프 장치'가 필요했다. 출퇴근시간처럼 업무시간을 정해놓았다. 8시 이후에는 어떤 업체의 연락도 받지 않았다. 일주일 중 하루는 온전히 쉬는 날로 정했다. 일이 정말로 많이 밀려 어쩔 수 없이 일해야 하는 상황에서도 휴일은 꼭 지키고자 했다. 대신 늦어도 오전 10시에는 하루를 시작하기로 했다. 마치 출근하듯 집 안에 사무 공간을 정해놓고 책상 앞에 앉아 오늘의 업무 시간에 일을 마치겠다는 다짐도 해본다. 이렇게 의도적으로 노동 시간과 휴식 시간을 분리한 후에야 비로소 프리랜서의 '프리한' 나날을 조금이나마 즐길 수 있게 되었다.

들쑥날쑥한 수입과 바쁜 생활에 익숙해질 때쯤 외로움이 찾아왔다. 프리랜서나 특히 1인 사업가가 된다는 것은 '혼자가 되겠다'고 선언하는 것이다. 고충을 함께 나눌 동료도, 어려움이 닥쳤을 때 질문할 사수도, 회사가 정해준 업무량과 목표도 더 이상 존재하지 않는다. 프리랜서로 나선 순간부터 이 모든 결정과 역할을 스스로 수행해야 한다. 특히 혼자서 감당할 수 없는 큰일을 마주할 때 찾아오는 고독감은 말로 다 할 수가 없다.

그래서일 것이다, 적극적으로 동료를 찾았던 것은. 동료라 함은 크고 작은 고민이 있을 때 나와 함께 고민해줄 수 있는 사람을 뜻한다. 나처럼 프리랜서나 자영업자로 살아가는 누군가일 수도 있고 가족일 수도 있다. 어려운

선택의 순간을 눈앞에 두고 있거나 막막한 순간이면
언제나 동료 S를 찾는다. 그는 디자이너도, 뛰어난 지혜를
가진 이도 아니다. 하지만 내 이야기를 귀 기울여 들어주고
성심껏 그만의 생각을 말해주는 훌륭한 동료다. 내일
미팅 때 파란색 옷을 입을까, 빨간색 옷을 입을까 따위의
시답잖은 고민들도, 그와 나누는 순간 미처 생각지 못한
새로운 답에 도달하곤 한다.

사수를 찾기 위한 노력도 계속했다. 내가 가는 길을
먼저 걸었던 사람들 말이다. 꼭 디자이너나 자영업자
선배들만이 아니다. 외로움이 불쑥 찾아올 때, 깜깜한
불안감이 엄습할 때, 주체할 수 없이 화가 치밀 때……
동료들이 나와 동등한 위치에서 공감해주고 기탄없이
의견을 제시해주었다면, 사수들은 한 발짝 먼저 경험했던
세상의 지혜를 나눠준다. 내겐 엄마가 특히 그렇다. 그리고
간혹 나보다 두세 걸음 앞서 걸어가는 친구들이 사수가
되기도 한다. 그들이 전하는 위로와 가르침은 외로운
프리랜서 생활을 이끄는 반짝반짝 등불과도 같다.

홀로 서는 것은 이토록 어렵다. 이양 지인의 퇴사 소식에 탄식부터 나왔던 것은 이 때문일 것이다. 불안함에 익숙해지는 삶, 더욱 바쁜 나날, 그리고 잊을만 하면 찾아오는 외로움. 그럼에도 불구하고 그의 삶에 박수를 보내고 싶은 것은 그가 지니고 있을 소중한 낭만 덕일 게다.

프리랜서를 바라는 모든 이에게는 저마다의 낭만이 있다. 상사의 눈치가 보기 싫다거나 월요병이 싫다는 이유만으로 프리랜서를 바라는 이는 없다. 누군가는 자유롭게 활용할 수 있는 시간을 바탕으로 자신만의 프로젝트를 꿈꾸고, 누군가는 한 해의 절반은 해외에서 보내는 삶을 상상하기도 한다.

나에게도 작은 낭만이 있다. 느지막한 오전에 일어나 커피를 마시며 글 쓰는 삶. 클라이언트를 위한 작업이 아닌 나의 가게를 준비하기 위해 켜는 디자인 프로그램. 나는 그 낭만을 꿈꾸며 퇴사했다. 하지만 프리랜서 생활에서 가장 힘든 것이 무엇이냐고 누군가 물으면, '낭만을 지키는 일'이라 답하겠다. 홀로서기 생활에서 처음의 꿈을 지키기란 그만큼 어려운 일이다.

일에 치이다 보면 '왜'라는 본질은 쉽게 사라진다.
그리고 일이 꼭 많아야 치이는 것은 아니다. 감당해야 할
책임의 범위가 내 능력보다 클 때, 하고 싶은 일을 앞에
두고 지금은 해야만 하는 일을 해야 할…… 우리는 일에
치인다. 프리랜서는 매일같이 '치이는 순간'을 마주한다.
그렇게 시간이 흘러 낭만이 '이유 없는 책임감'으로
변질되는 모습도 보았다. 일에 치여 한동안 단 한 줄의
글도 못 쓰던 때가 있었다. 확실히 내가 그렸던 프리랜서의
삶과는 달랐다. 나는 스스로를 계속 채찍질했다. '글 써야
하는데…… 글 써야 하는데……' 하고. '왜'라는 질문은
사라지고 글쓰기에 대한 불편한 죄책감만 남았었다.

나는 요즘 의도적으로 '낭만의 시간'을 보내려고 있다.
'낭만'이라는 단어가 가지고 있는 특유의 오글거림처럼,
이 시간은 생각보다 별것 아니다. 그저 매일매일 내가 왜
이 험난한 프리랜서의 삶을 시작했는지, 그 이유를 까먹지
않기 위해 생각하는 것이다. 때로는 행동과 실천으로
이어지는 시간이 되기도 하지만, 꼭 그럴 필요는 없다.
막연하게 생각만 하는 시간일 수도 있다. 그렇게 살고 있는

사람들에 대해 찾아보는 것만으로도 도움이 될 때가 있다. 대부분의 경우는 망상의 시간이 되곤 한다. 하지만 이루지 못했을 뿐이지, 잠시 달콤한 상상의 시간을 가지는 것이 잘못은 아니지 않은가!

오늘 '낭만의 시간'에는 멜론을 한 통 샀다. 반으로 쩍 갈라 절반은 혼자 먹었고 나머지는 모레 있을 친구들과의 술자리를 위해 보관해두었다. 낭만의 시간이 뭐 이러냐고 타박하지 마시라. 멜론을 사고 충분히 즐겁게 상상한 덕에 오늘의 낭만수치를 충분히 채웠으니.

상상의 내용은 이렇다. 친구들을 초대한 자리에 멜론과 하몽을 안주로 내놓는다. 술이 어느 정도 알싸하게 들어간 후에 저마다 자신들의 근황을 달콤한 목소리로 이야기한다. 그림을 그리기 시작한 친구, 요리를 배우기 시작한 친구, 새로운 도전을 하게 된 친구.

이어서 내가 최근 나의 하루에 대해 읊는다. 오전에는 곧 출간할 책의 원고를 수정하고, 오후에는 새로 오픈할 가게 준비를 위해 분주히 다녔다고. 친구들은 나를 한껏

격려해준다. 상상의 끝자락에는 얼굴도 알지 못하는
이양의 지인도 있다. 그를 초대해 이야기 나누는 것도 나의
낭만 중 일부겠다.

프리랜서로 살고 싶다는 모두를 말리지는 않겠다.
행복의 연속이라고도 말 못 하겠다. 다만, 홀로 서는 삶을
상상하며 그리는 이미지들은 그저 그런 망상에만 머물러
있지 않다고는 이야기해주고 싶다. 친구들을 초대해
멜론과 하몽을 먹을 것처럼 아직 이루어지지 않았을 뿐,
우리의 낭만적인 나날은 언제나 손닿는 곳에 있으니까
말이다.

범퍼스케줄

'찾아가는'
사숙닝틀 조언

퇴사자의
낭만

가족들의
서포트

오, 나의 발레

꽤나 수줍은 취미가 있다. 취미면 취미고 수줍으면 수줍은
것이지. 수줍은 취미라니. 잘 어우러지지 않는 이 두
단어를 설명하는 데는 딱 두 글자면 된다. 발. 레. 나는 발레
하는 여자다. 발레가 수줍은 취미가 되는 순간은, 예를
들면 이렇다. "운동하는 것 있냐"는 질문에 기어들어가는
목소리로 "그렇다"고 답한다. "무슨 운동이냐"고 물으면 더
기어가는 목소리로 "발레"라고 답한다. 그러면 열에 아홉은
내가 작게 대답한 것이 무안해질 정도로 크게 되묻는다.
"발레?!"라고. 여기에 "네가?"라는 말까지 붙는 날은 그것으로 대화 종료다. 흥! 괜히 말했다 싶다.

당황스러움과 약간의 웃음이 뒤섞인 반응을 마주할 때면 어김없이 속으로 되뇐다. 발레가 얼마나 흔한 운동인데, 하고. 하지만 여전히 발레라고 얘기하면 으레 얇고 늘씬한 옷매, 손가락 마디까지 가늘고 길쭉한 그런 사람들을 먼저 떠올리나 보다. 그리고 그런 모습과 나는 거리가 조금 많이 있다. 손톱마저 '짤뚱한' 내가, 그들의 상상 속에서 발레복을 입은 모양새는 썩 좋지 않은 것이 분명하다. 그럼에도 불구하고 발레를 '부끄러운'이라는 말 대신 '수줍은'이라는 말로 굳이 표현한다. 여기에는 발레에 대한 각별한 애정이 어려 있다.

발레를 시작한 것은 대학교 3학년 여름이었다. 아 물론, 아주아주 옛날에도 접했었다. 엄마 손에 이끌려 수요일 오후면 발레학원에 갔었다. 태권도장 다니는 동생이 그렇게 부러웠던 기억이 있다. 내가 여덟 살이었던 것 같다. 꽉 끼는 타이즈에 엄마 눈에만 예뻐 보였을 보라색 레오타드를 입었던 것 같다. 주로 발 율동 비슷한 그런 것을

했을 것이다. 아무튼 여덟 살의 나한테도 발레는 썩 즐거운
기억은 아니었다.

그러니까 발레를 다시 접한 것은 20여 년 만의
일이었다. 이번에도 엄마 손에 이끌려 시작했다. 방학과
동시에 침대와 한 몸이 되어 커다래지고 있는 딸이 못내
못마땅했나 보다. 엄마와 같은 사무실의 '최양'도 큰
역할을 했다. 나보다 한 살 많았던 최양은 성인 발레를
다니고 있었다. 엄마는 최양 얘기를 늘어놓으며 발레 하길
권했다. 어쩌면 최양 얘기가 듣고 싶지 않아 발레를 다시
시작했을지도 모른다. 우여곡절 끝에 발레를 시작하게
되었다. 그것도 쇼핑이라고, 레오타드 스커트와 스타킹에
슈즈까지 사들이며 꽤나 들떴다.

그리고 그 설레은 수업 시자 5분 만에 무너진다.
그것도 '와장창'.
#%&$@!!!

스트레칭 시간이 되자 선생님은 내 다리를
인정사정없이 찢었다. 그 순간 내가 왜 여덟 살 때 발레를

싫어했는지 기억났다. 그때도 이 말도 안 되는 유연성
요구에 혀를 끌끌 찼겠지.

'내 몸은 태초에 이렇게 늘리라고 만들어놓지 않았다고' (!!!!)

내 얼굴이 새파랗게 질리기 시작한 것을 보았는지,
아니면 어차피 안 될 거라고 포기한 것인지, 선생님은 더
이상 내 스트레칭에 관여하지 않았다.

그다음 바 운동으로 이어졌다. 내 배꼽 선까지 오는
바를 붙잡고, 구령에 맞춰 동작을 따라 하면 되었다. 내
20년 발레 경력은 여기서 발휘되었다. 1번 발, 2번 발, 4번
발, 5번 발까지. 서로 비슷하지만 분명히 다른 발 모양들은
똑똑히 내 머릿속에 새겨져 있었다. 주위를 둘러보니
큰 무리 없이 바로 동작을 외운 것이 나밖에 없는 것
같았다. 갑자기 자신감이 한껏 올라가 '오~ 발레, 생각보다
괜찮네?'라는 생각까지 들었다.

하지만 그 자신감은 예외 없이 곧장 추락한다.
선생님이 나의 몸을 다시 하나하나 바로잡아주었다. 뼈

마디마디, 근육 하나하나…… 어디 제대로 되어 있는 곳이
없었다. 선생님이 얘기한 바른 자세로는 가만히 서 있는
것만으로도 식은땀이 났다. 그녀의 구호에 맞춰 동작까지
따라 하다 보면 다리가 파르르 떨려왔다.

그렇게 한 시간 반이 지나고 첫 발레 수업이 끝났다.
탈의실에 들어가니 웬 벌건 빵떡 같은 얼굴이 발레복 위로
동동 떠 있었다. '역시 사람은 하던 것을 해야 해.' 몇십만 원
내고 등록한 학원과 옷을 생각하니 배까지 아파왔다. '나와
발레는 맞지 않아……' 선생님이 탈의실을 서둘러 나오는
내 팔을 붙잡고 속사포로 얘기했다.

> "발레가 처음이죠? 처음에는 다 그래요. 발레 배우는 것도
> 젓가락질이랑 비슷해서 처음만 잘 견디면 어떤 힘도
> 들이지 않고 무의식적으로 할 수 있어요."

그녀는 학원을 영영 빠져나갈 것만 같은 수강생을
붙잡은 것일까. 아니면 진심으로 내게 발레의 재미를
알려주기 원했던 걸까. 그녀의 간절한 눈빛을 애써

외면하며 말했다.

"네, 발레가 많이 낯설어 힘든 것 같아요."

　도망치듯 학원을 빠져나왔다. 막상 내 입으로
얘기하고 나니 그 말은 그 말대로 이상했다. 발레는 나에게
낯선 것이 맞다. 그렇다면 익숙한 것은 뭐지? 그림, 사진,
글…… 모두 나에게서 딱 한 발짝씩 떨어진 것들이었다.
생계를 위해 매일 하거나 그 비슷한 활동이거나, 아주
오래전부터 해오던 것들이거나……. 익숙한 것들은 서로
이어져 두터운 울타리를 짓고 있었다. 그리고 그 울타리
밖에 '낯선 것'들이 있었다. 발레도 있었고 통기타도 있었고
홈베이킹도 있었다. 모두 시도만 했을 뿐, '안 맞는 것
같다'며 바로 포기했던 것들이었다.
　수강료에 대한 오기 때문일까. 아니면 작년에
홈베이킹을 해보겠다며 샀다가 방구석에 처박힌 거품기가
생각난 것일까. 사라 바렐리스 곡을 완주하겠다며 무작정
중고로 산 통기타가 생각났을지도 모르겠다.

선생님 말을 일단 믿어보기로 했다. 그녀 말대로
조금만 참고 '젓가락질'이 되는 날까지 기다려보기로 했다.
그렇게 두 번째, 세 번째 수업이 이어졌다.

스트레칭은 여전히 힘들었다. 유연성은 매일
연습하면 나아진다고들 했다. 글쎄, 내 몸에도 적용되는
이야기인지는 모르겠다. 바 운동시간에는 점차 다른
동작들이 추가되었다. 한쪽 다리로 서 있는 동작을 배울
때는 복부의 힘이 필요하다고 한다. 배에 힘을 주고
서라는 선생님 얘기를 듣고 몸 여기저기 힘을 줘본다.
기우뚱하기는 마찬가지다. 팔 올리는 자세를 할 때면 팔뚝
뒤쪽이 너무 땅겨 집에 오면 팔이 후들거렸다.

고통은 세 번째 수업에서도 이어진다. 이제는 까치발,
한쪽 다리로 중심을 잡으라고 했다. 팔 동작도 난처하긴
마찬가지다. 이제 겨우 팔뚝이 덜 아프기 시작했는데, 시선
처리에 다리 동작까지 동시에 하라고 한다.

발레가 언제쯤 익숙해질까 생각하며 터덜터덜
탈의실에 들어가는데, 선생님이 갑자기 그날처럼 붙잡고
속사포로 이야기한다.

"열지씨, 거 봐요. 이제 젓가락질하는 것처럼 편하죠?"

선생님의 반짝반짝 두 눈망울은 나의 긍정적인 답변을
갈구하는 듯했다. 입은 웃고 있지 않지만 두 눈은 웃고
있었다. 뭐지 나 약 올리는 건가. 선생님의 젓가락질은
무언가 다른 건가. 순간 내 미간이 일그러진 것을 보았는지
대답도 하기 전에 선생님이 먼저 말을 이어간다.

"처음에는 서 있는 것도 힘들어했잖아요. 이제는 서 있는
것은 생각도 나지 않을 정도로 쉽지 않아요?"

두둥~ 한 대 맞은 느낌이었다. 선생님 말이 백번
맞았다. 나도 모르는 사이에 '서 있는 것'에 익숙해져
있었다. 그저 그다음 난이도의 동작을 하느라 몰랐던
것뿐이다. 발레 젓가락질은 조금씩 늘고 있었다.
　　겨우 세 번째 수업 때 발레가 익숙해졌다는 느낌이
들었다. 집에 돌아오는 길, 아무도 없는 골목에서 발레
스텝을 밟아보았다. 엄마 앞에선 이런 동작이 있다며

되지도 않는 몸으로 아라베스크(발레에서 한쪽 발끝으로 서서 한쪽 팔은 앞으로, 한쪽 팔과 다리는 뒤로 높이 펼치는 자세)까지 실행했다. 발레리나의 아라베스크와는 꽤 다른 내 동작에, 엄마 옆에 있던 동생이 피식 웃었다. 그 순간은 아무렇지 않았다. 내가 아라베스크를 할 줄 아는지 마는지는 중요치 않았으니까. 내 익숙함의 울타리에 새로운 무언가가 추가되었다. 그것도 매우 낯설었던 그 무엇이.

발레는 차츰 내 생활 깊숙이 들어갔다. 단 하루도 수업을 빼먹지 않았으며, 수업이 있는 요일을 기다리기도 했다. 화려한 발레복을 입은 다른 수강생들을 보며 밤마다 발레복 아이쇼핑을 했다. 토슈즈 수업을 듣는 수강생들을 보곤, 토슈즈를 신은 나를 상상하기도 했다. 토슈즈를 신을 만큼 실력이 늘면 자신 있게 내 취미가 발레라고 할 수 있을까. 연말에는 나도 저들처럼 취미 공연에 지인들을 초대할 수도 있을까.

물론 발레에 푹 빠져 지내는 시기는 길지 않았다. 졸업을 하고 회사가 바빠지면서 발레 수업에 간 날보다 가지 않았던 날들이 훨씬 많았다. 학원 등록 5년 차에도

여전히 내가 초급반이라는 사실은, 발레가 취미라고
당당히 밝힐 수 없는 또 다른 이유이기도 하다. (그렇다. 나는
사실 치명적인 몸치다. 누구나 다 하는 동작을 배울 때만 빠르게
성장했고 그 이후에는 전혀 진전이 없다. 나만.)

그럼에도 불구하고 발레는 명실공히 나의 '일등' 취미
생활이다. 정말 눈곱만큼이나 조금씩 성장해가는 나를
보는 것도 즐겁고, 옷장에 하나씩 늘어나는 발레복들을
보는 것도 즐겁다. 만약 여느 시도들처럼 첫 수업에
포기했다면 이 즐거움을 알 수 있었을까.

발레는 나의 세계를 아주 조금 확장해주었다. 그리고
이제 이 울타리를 확장하는 즐거움을 알아버렸다.
익숙하지 않았던 새로운 것을 시도할 때면 '젓가락질'
이야기를 떠올린다. 그러면 어느새 선생님 말대로 '몇 번
더 참고 있는' 나를 발견하게 된다. 그렇게 며칠이 지나면
어느새 낯선 것은 '익숙한 것'이 되어 있다.

나는 발레 하는 여자다. 그리고 앞으로는
내버려두었던 통기타도, 거품기도 쓰는 그런 사람이
될지도 모르겠다.

```
 _人人人人_
 〉돌연사 〈
ￚY^Y^Y^Y─
```

　'살아남아라! 개복치'라는 게임이 한창 유행하던
때가 있었다. 제목 그대로 개복치를 모험에 가담시키며
살아남게 하면 되는 게임인데 생각만큼 간단치는 않다.
게임 속 개복치는 겁쟁이에 극도로 예민한 소심쟁이다.
이 예민한 성격은 당황스러울 정도로 다양한 돌연사를
야기한다. 먹이를 먹어가며 쑥쑥 자라다가도 바다거북과

충돌할까 봐 두려움에 떨다가 죽어버린다. 바닷속 공기
방울이 눈에 들어가면 그 스트레스로 죽기도 한다. 물이
차가워서 죽었다는 메시지를 받을 때쯤이면 해도 해도
너무 한다는 생각이 들기도 한다. 그런데 이 어이없이
소심한 개복치의 모습에 공감한 사람들이 많았나 보다.
작은 자극에도 개복치가 죽어버리듯, 쉽게 마음의
스크래치를 입는 전국의 소심이들에게 큰 환영을 받았으니
말이다.

    왠지 모르게 나도 그런 개복치와 닮아 있었다.
바다거북과 부딪힐 걱정은 하지 않지만, 당장 몇 달 후
월세를 내지 못할까 봐 두려움에 떤다. "선배는 도대체
뭐하고 사냐"며 후배가 무심코 던진 말은 밤잠을 설치게
한다. 마음만 다잡으면 해결될 일들이라면 차라리
나을지도 모른다. 이제 겨우 10센티미터쯤 헤엄쳐나간 것
같은데, 상상치 못 한 돌발변수에 여지없이 쇼크(=돌연사)를
받는다. 휴…… 조금 많이 섬뜩한 말이지만 게임이었으면
이미 수도 없이 죽었을 것이다. 그러니 이런 나를 '미스

개복치'라고 불러보련다.

　어렸을 때부터 크고 작은 사건이 많았다. 초등학교
1학년 때는 동네 양아치 중학생에게 대들었다가
얻어터질 뻔했다. 이 일은 언젠가 꼭 글로 쓰고 싶을
만큼 선명하게 기억에 남아 있다. 이때부터 엄마 가슴을
수없이 쓸어내리게 하며 커왔는데, 독립하고 나니 사건의
스케일들이 점점 더 커졌다. 지금에야 황당할 뿐이지만
당시에는 등줄기에 식은땀을 흐르게 했던 에피소드를 몇
개만 얘기하면 다음과 같다.

1. 오래된 자취집 외벽에 구멍이 뚫려서 200만 원
   가까이 변상해줄 뻔했다.
2. 한식을 만들어준다길래 찾아갔던 파리의 한인
   교회는 알고 보니 사이비 교회였다. (몇 년 후 나는 S모
   방송국의 시사 프로그램과 이 주제로 인터뷰도 하게 된다.)
3. 퀴퀴한 자취방 한번 꾸며보자고 불렀던 도배사가
   알고 보니 사기꾼이었다.
4. 비행기 값 몇 푼 아끼겠다고 경유한 공항에서

미스 개복치

테러가 나서 이틀간 갇혀 있었다.

5. 중고차 구매 한 달 만에 주차하다가 앞문 뒷문을
   박살냈다.

지금에야 웃으며 이야기하지만 당시에는 수십 번도
더 죽었다 살아났었다. 얼굴 절반이 훤히 보일 만큼 크게
뚫린 외벽 구멍과 수리내역서를 번갈아 보며 서럽게 엉엉
운 적도 있었고, 야심차게 꾸민 첫 자취방의 도배가 엉망이
되었을 때는 그 자리에 주저앉아 넋이 나가 있었다. 열심히
나간 교회가 알고 보니 사이비라는 것을 알았을 때는,
어쩔 수 없이 연을 끊어야 했던 교회 친구들을 사무치게
그리워했었다. 시트콤보다 더 시트콤 같은 사건들로 유리
멘탈이 수십 번 깨지는 경험을 한 후에는, 내 자신에게
무슨 문제가 있어 이토록 다양한 사건사고를 겪는 것인가
자기반성의 시간을 갖기도 했다. '미스 개복치'의 독립기는
파란만장한 '돌연사'의 연속이었던 것이다.

시간이 흐르고 지금 와서 되돌아보니 파란만장한
에피소드들에는 저마다 이유가 있었다. 그리고 그 모든

이유를 아우르는 명확한 사실이 하나 더 있었다. 패기
넘치는 미스 개복치는 '겁대가리가 없다'는 것이다.

'겁이 없는 것'과 '겁대가리가 없는 것'에는 큰 차이가
있다. '겁이 없는 것'은 예상되는 여러 변수들을 충분히
고려한 후에도 실천하려는 용기가 있는 것이다.
'겁대가리가 없는 것'은 아무것도 고려하지 않고 패기만
넘치는 무모함을 이야기한다.

 겁대가리 없는 미스 개복치는 스스로를 사회에
내던졌고 크고 작은 사건들을 만나 매일같이 돌연사했다.
혼자 집을 구하겠다는 열정은 있었지만 집을 고르는
안목도, 집주인의 말장난에 놀아나지 않을 풍부한
경험도 없었다. 누가 봐도 집주인이 고쳐주어야 할
외벽 구멍을 어떻게 수리해야 할지 밤낮없이 고민했다.
똑똑히 비교해서 저렴한 것을 찾으면 장땡이라 생각했지,
부실과 과실의 책임을 전가하려고 작정하고 속이는
어른들이 있으리라고는 생각하지 못했다. 열정은 있지만

준비되어 있지 않았던, 어린 개복치에게 사회는 생각만큼 호락호락하지 않았다.

그것뿐일까. 무슨 일이 있어도 무얼 해도 내 편이 되어주는 가족들의 비호를 떠나니 은근슬쩍 가시를 품은 말들을 수없이 만났다. 타고나기가 눈치 빠르고 예민한 개복치들은 이런 가시들을 놓치지 않는다. 타인들이 쏟아내는 말들의 작은 편린에도 유리 멘탈은 파르르 부서지고, 그렇게 또다시 돌연사하는 것이다.

어쩌면 게임 의도와 다르게, 개복치를 가장 '오래 살아남게 하는' 방법은 가만히 있는 것일지도 모른다. 가만히 있으면 별의별 돌연사의 사유들을 만나지 않을 테니 말이다. 어쩌면 나도 가만히 있었으면 그 많은 사건사고들을 겪지 않았을지도 모르고 그토록 스트레스를 받는 일이 없었을지도 모른다.

하지만 아무도 그렇게 게임을 즐기지 않는다. 가만히 있으면 오래 살아남을 수는 있겠지만 개복치는 자라지 않는다. 계속해서 돌연사를 만나더라도 그 짧은

겁대가리가 없는 나.

지느러미로 계속 헤엄치게 만들고, 다양한 상황들을 겪게 해야만 개복치가 성장한다. 개복치를 열심히 키우다가 갑자기 돌연사하면 정말이지 울컥한다. 하지만 그 탄식은 오래가지 않는다. 게임 속 개복치는 그다음 회 차에선 죽은 사유를 습득하여, 같은 이유로는 다시 죽지 않고 더 튼튼해지기 때문이다.

나도 그렇다. 살면서 언제 또 그런 말도 안 되는 일들을 겪을까 싶지만, 어찌 됐건 면역이 생긴다. 아예 스트레스를 받지 않는 것은 아닐지라도, 해결책을 결국 떠올리고 크게 당황하지 않는다. 죽었다가 다시 살아난 내게 또다시 찾아온 사건은, 순간의 스트레스를 줄지언정 죽을 만큼의 고통은 주지 않는다. 파란만장 유리 멘탈 미스 개복치도 돌연사를 마주할 때마다 더욱 성장하는 것이다.

무엇보다 우리에게는 '치트 키cheat key'가 있다. 게임 속 개복치는 외로이 바다를 헤엄쳐나간다. 하지만 우리, 사람 개복치는 결코 혼자 나아가는 법이 없다. 혼자서 칠흑같은 바다를 헤엄치고 있다 착각하는 순간에도 잠시 멈춰 주위를 둘러보면 언제든지 도움을 줄 사람들이 기다리고 있기 때문이다. 내가 겪었던 무수한 사건사고들 중에 정말 말도 안 되게 커진 사건들의 공통점이 있다. 아무에게도 알리지 않고 나 혼자 수습하려 했던 일들이다. 나에게는 너무나 큰 시련이었지만, 누군가에게는 정말 별것 아닌 일일 수도 있다. 지식이나 기술이 없더라도 시간이 주는 지혜만으로 해결되는 일도 많기 때문이다.

외벽 구멍은 꺼이꺼이 서럽게 울었던 내 자신이 부끄러워질 만큼 쉽게 해결되었다. 우연히 알게 된 조선인 아저씨에게 여쭤보았더니, 내가 생각했던 것보다 수리하는 방법은 훨씬 다양했다. 시멘트를 몇 번 바르니 말끔하게 메꿔졌고, 당연히 200만 원을 낼 필요도 없었다. 저렴한 도배사를 불렀다가 낭패 본 이야기를 들은 선배는 '일 잘하는 작업자'를 선택하는 팁을 알려주었다. 이 팁에는 못된 어른들의 꾐에 쉽사리 넘어가지 않는 비법도 담겨 있었다. 내게 계속 상처를 입히던 친구의 날 선 말에 속상했던 경험을 할머니에게 털어놓은 적도 있다. 그러자 할머니는 구수한 사투리를 섞어 "그눔이 한 번만 더 그러면 다시넌 지럴을 못 하게 할 대꾸법"을 전수해주셨다. 그 이후로 그 친구의 말에 돌연사하는 날은 더 이상 없었다.

이렇게 씩씩하게 글을 써내려가는 중에도 여전히 나는 죽었다 깨어나기를 매일같이 반복하는 미스 개복치다. 요즘 미스 개복치는 '운전' 때문에 자꾸 죽는다. 얼마 전에는 양화대교로 빠지는 길을 세 번 연속 잘못 들었더니 스트레이트로 인천까지 다녀왔다. 내비게이션이 먹통이 되어 올림픽대로 갓길에 잠시 세워두기도 했고, 그제는 고장 난 시가잭 때문에 충전이 되지 않는 핸드폰을 붙잡고 서울 길을 헤맸다. 중고차 뽑은 지 한 달 만에 주차하다가 앞문 뒷문을 다 날려먹은 일은 아직까지도 마음이 쓰리다.

하지만 한 가지 확실한 것은, 오늘도 내 운전 실력이 아주 조금씩 늘고 있다는 것이다. 운전뿐일까. 평생 가도 영원히 없을 것 같은 겁대가리 덕에, 요즘도 내 스케줄러는 난생처음 해보는 일들로 가득 차 있다.

어제 죽은 나는 오늘 조금 더 튼튼하다. 그리고 어제의 사건사고는, 훗날 나의 또 다른 시트콤 일화가 되어 재미난 이야깃거리가 될 것이다. 그러니 전국의 수많은 사람 개복치들에게 이렇게 얘기해주고 싶다.

"그대, 혹 스트레스를 받는 상황이 너무 많아 개복치

같다면 인정해버리라고!
확

죽었다 깨어난다 생각하라고! 깨어나면 튼튼한
조금더

개복치가 되어 있을 테니까!"

가족 오락관

2
—
불안하지만
불안에 지지 않는 삶

내 것이 아니오

스물한 살부터 스물네 살까지 3년 조금 안 되는 기간 동안 프랑스에서 지냈다. 2년 차부터는 파리의 큰 회사에서 근무하기도 했다. 어른들은 그런 내가 퍽이나 대견했나 보다. 어린 나이에 말도 안 통하는 나라에서 일자리를 구한 덕일까? 나만 보면 "많이 배웠겠다"라던가, "이력에 큰 도움이 되었겠구나" 하고 뿌듯해하곤 했다.

그런데 아이러니하게도 내가 배운 것은 딱 두 가지였다. 크레페 굽는 법(나 정말 정말 크레페 잘 만든다)과 마음을 비우는 주문. 무슨 소리인가 싶겠지만 사실이다.

크레페 굽는 법은 회사를 다니는 동안 가장 친하게 지냈던 프랑스인 친구에게서 배웠다. 그는 프랑스 서쪽의 작은 마을 출신이었는데, 파리의 크레페는 자기 고향의 것을 절대 따라가지 못한다며 툴툴댔다. 그러고선 할머니의 레시피를 나에게 전수해주었다. 크레페에 대한 지나친 집착 말고는 참 좋은 친구였는데, 안타깝게도 한국에 돌아온 후에는 연락이 끊겼다. 그래서 본의 아니게 사람 말고 그 친구에 대한 추억과 크레페 레시피만 남았다.

두 번째는 마음을 비우는 주문이다. 내가 프랑스에서 지낸 시기는 내 삶에서 가장 야망 있고 욕심 많았던 때다. 그런데 그 시기에 배운 것이 '마음을 비우는 법'이라니, 참 아이러니하다. 하지만 그때 배운 이 주문은 그 이후 내 삶 전반에 평안을 가져다주었다. 주문은 간단하다.

내 것이 아니오, 내 것이 아니오, 내 것이 아니오.

하고 마음속으로 세 번만 되뇌면 된다. 그러면 신기하게도 나를 괴롭히던 마음속 집념은 사라지고 오로지 내가 정말 원하는 것만 남는다. 이 별것 아닌 주문과 함께 집착은 감쪽같이 사라졌다.

이 주문에 대해 조금 더 자세한 사연을 이야기하자면 '스물한 살 김영지'부터 시작해야 한다. 그 시절 나는 정말 겁이 없었다. 평생 한국 땅만 밟고 살아온 토박이 주제에 난생처음 하는 유럽 생활에 겁먹을 법도 한데, 그렇지 않았다. 오히려 한국에서보다 더 당당했다. 뭐든지 지원하면 덜컥 붙었고, 말은 안 통해도 내 열정은 누구에게나 충분히 전달되었다. 파리의 큰 회사에 지원할 때도 그러했다. 모두가 안 될 거라 했지만, 회사는 대학교도 졸업하지 않은 외국인을 인턴 자리에 앉혔다. 아마 그 이후로 나는 노력만 하면 무엇이든 '내 것'으로 만들 수 있다는 오만한 자신감이 생겼던 것 같다.

시간은 금방 갔고 인턴이 끝나는 시점이 다가왔다. 괜한 욕심이 났다. 회사에 더 다니고 싶다고 말이다. 당시 회사에는 졸업하지 않은 학생을 인턴 이상의 정규직으로는 추가 채용하지 않는다는 규정이 있었다.

하지만 나는 이런 규정도 노력하면 이겨낼 수 있다고

생각했다. 그래서 찾은 방법이 회사와의 프리랜서 계약직
체결이었다. 회사의 정식 직원이 아니라면 학생이든
아니든 무슨 상관이겠냐는 생각이었다. 프랑스어도 못하는
주제에 구글 번역기를 돌려가며 사업자등록을 신청했다.
파리의 프리랜서 커뮤니티에 내 정보 등록까지 끝냈다.
그러고선 팀장에게 면담을 신청했다.

　　프랑스에 더 있고 싶고 회사에 더 있고 싶다며
팀장에게 다짜고짜 사업자등록증을 내밀었다. 회사
규정상 나를 고용하지는 못 하지만 나와 프리랜서 계약은
할 수 있지 않냐며 말이다. 그때 팀장의 표정은 아직도
잊히지 않는다. 카리스마 넘치는 여성 팀장이었는데 어떤
칭찬이나 꾸짖음도 하지 않았다. 단지 '요놈 봐라'라는
표정으로 나를 한참을 들여다봤다. 그리고 팀장은 흔쾌히
'오케이'했다. 몇 번의 복잡한 행정 절차가 이어졌지만, 내
계획대로 나는 회사에 더 있을 수 있게 되었다. 인턴이 아닌
계약직 프리랜서로 말이다.

　　하지만 그때부터 많은 것들이 힘들어졌다. 외국인
인턴에게 기대하는 성과와 억대 연봉을 주고 계약하는

프리랜서에게 요구하는 성과는 차원이 달랐다. 나의
목표는 오로지 조금 더 오래 회사를 다니는 것이었지만,
내 선택에 대한 대가는 미처 생각하지 못했던 것이다. 그간
아무 말 없이 오케이 했던 팀장은 이제 나의 작업물에 대해
매일 꾸짖기 시작했고, 인턴 때와는 비교도 안 될 만큼 강도
높은 업무가 이어졌다.

하지만 그 와중에도 내 선택에 대해서는 후회하지
않았다. 오히려 더 인정받고 싶다는 욕심에 서서히
잠식되고 있었다. 하필이면 계약직으로 근무하던 그해,
프랑스에서 3년에 한 번씩 열리는 모터쇼가 있었는데, 그
모터쇼에 내 디자인을 출품하고 싶다는 욕심으로 밤을
지새우는 날들이 많아졌다. 결국 내 디자인은 탈락했고,
기회를 놓쳐버린 아쉬움이 큰 스트레스로 남았다.

계약직 프리랜서로 근무한 1년간, 어려서부터
달달달 읽었던 자기계발서의 문장 그대로 살았다. 그
시절 나는 열심히 꿈꿨고, 내 능력 이상으로 노력했고,
마음먹었던 것들을 대부분 성취했다. 막연하게 해외

취업을 동경해왔던 나는 세계적인 디자인 회사에서 일하며 매일매일 내 두 눈과 두 손으로 그곳을 체험했다.

그러나 되돌아보면, 나는 행복하지 않았다. 자기계발서에서 이야기하는 '힘들어도 참고 견디면 오는 보상'은 순간이었다. 동경이 현실이 되는 순간의 벅찬 설렘은 하루이틀이면 사라지곤 했다. 친구들은 나를 부러워했고 가족들은 나를 대견해했다. 하지만 정작 나는 행복하지 않았다. 결국 1년이란 시간이 지난 후에야 내 마음을 솔직히 돌아볼 수 있었다. 나는 매일같이 불안과 스트레스에 쫓기고 있었다.

사업자등록증을 들고 찾아간 날처럼 팀장에게 면담을 요청했다. 당당하고 세상 무서울 것 없던 나 대신, 일과 스트레스에 지쳐 많이 야윈 내가 그 자리에 있었다. 회사를 그만둬야 할 것 같다고 이야기했고, 이번에도 팀장은 어떤 꾸짖음이나 칭찬 없이 그러라고 했다. 근무 마지막 날, 짐을 정리하고 집으로 돌아오는 길에 혼자 나직이 되뇌었다.

이 회사 생활은 내 것이 아니었구나……

일을 그만두고도 한동안 괴롭기만 했던 지난 시간들에 대해 많은 생각을 했다. 그토록 바라던 꿈이었는데, 마음을 스스로 다잡지 못해 일을 그르친 것 같아 속상한 날들도 많았다. 시간이 조금 더 흐르니 나를 더 객관적으로 들여다볼 수 있었다. 프랑스에서 내가 이뤘다고 생각한 성취들이 보였다. 그 성취들은 사실, 내가 진정으로 원하는 것이 아니라 나를 그럴싸하게 보이게 만드는 것들, 내가 이루고 싶었던 성취가 아니라 가족들이 나에게 바라는 것들, 내가 자랑스러워할 만한 것이 아니라 친구들이 부러워할 만한 것들……… 이라는 것을 말이다.

프랑스 생활을 접고 한국으로 돌아오기로 결심한 즈음에야, 내가 그토록 애써 유지해왔던 생활의 대부분이 내가 정말 원하는 것이 아니었음을 깨달았다. 몸을 혹사시키면서 이어오던 회사 생활, 불편하고 귀찮음에도 참석했던 파리의 사교 모임, 퇴근해서도 나를 채찍질하며 이어갔던 작업들. 이 모든 일들은 나를 위한 것이 아니라 남들을 위한 것이었다. 내가 원치 않았던 '나를 그럴싸해 보이게' 하는 일들은 나를 계속 갉아먹었던 것이다. '열일곱

영지'가 꿈에 그리던 모습은 어디에도 없었다. 나는 나에게 맞지 않는 일들, 혹은 애초에 '내 것이 아닌 것들'을 억지로 끌고 가고 있었던 것이다.

프랑스에서의 이 강렬한 경험은, 내가 어떤 일을 하던지 '나'를 중심으로 다시 한번 생각해보는 습관을 길러줬다. 무엇인가를 이루고 싶을 때 혹은 풀리지 않은 일들이 있을 때, 나는 조용히 되뇌어본다.

내 것이 아니오, 내 것이 아니오, 내 것이 아니오.

주문을 읊으며 나를 괴롭히는 집착들이 정말 내가 원하는 것인지를 생각해본다. 그 질문에 대한 답이 '아니오'로 끝난다면, 나는 단호하게 마음을 내려놓는다.

다시 스물한 살로 돌아갈 수 있다면, 나는 차라리 조금 더 많이 여행을 다니고, 내가 좋아하는 사람들로 일상을 가득 채웠을 것 같다. 그런데 대부분의 사람들은 나의 파리 경험담을 들려주면, "기회를 잡았던 것이니 잘한 것 아니었냐"고 반문한다. 그럴 수 있다. 기회는 아무 때나

오지 않는다. 특히 프랑스어도 못하는 외국인 학생에게
해외에서 일할 수 있는 경험은 쉽게 오지 않는다. 나도
말로는, 다시 그 시절로 돌아가면 차라리 파리 생활을 조금
더 즐기겠다고 이야기할 뿐, 실제로 돌아갈 수 있다면 결국
비슷한 선택을 할지도 모르겠다.

하지만 그 이후의 나는 더 이상 아무 기회나 덜컥
잡지 않는다. 기회들이 찾아왔을 때, 내가 정말 간절히
원하는 것인가 생각해본다. 혹은 내가 원하는 것에
다가가게 해주는 것인지 생각해본다. 그렇게 기회들을
한번 걸러보면, 생각보다 많은 기회들이 실은 놓쳐버려도
되는 그런 것들이었다는 것을 알게 된다. 기회는 쉽게
오지 않으니 기회가 왔을 때 잡는 것도 능력이라고
혹자는 이야기한다. 하지만 애초에 그 기회가 정말
기회인지 정확히 알아보는 것도 능력이다. 그 능력을 갖춘
이들에게는 언제든 새로운 기회가 다시 찾아올 것이다. (아
물론, 로또 당첨자가 당첨금을 대신 수령해달라고 부탁하는 그런
기회는 쉽게 오지 않으니 반드시 잡도록.)

나는 내가 정말 무리해야만 얻을 수 있는 기회들은

과감하게 내 것이 아니라고 생각한다. 당장은 아쉬울
수 있어도, 하룻밤만 자고 나면 그 기회를 억지로 끌고
갔을 때 얼마나 마음고생할지 선하게 그려진다. 그리고
거짓말처럼, 당장은 아니더라도 몇 달 몇 년이 흐르면
비슷한 기회가 또 찾아온다. 대부분의 경우, 그때는 내가
어느 정도 성장해 있다. 그러면 이제 당당하게 말할 수
있다. '내 것이요'라고. 대학 졸업 후에 근무했던 회사나
퇴사 후 프로젝트를 진행하며 만났던 거래처들이 그랬다.
시간이 지나 다시 마주한 기회들은 나를 더 빛내주고
올바르게 성장시켜주는 촉매제 역할을 톡톡히 했다.

기회에 관한 나의 생각은 비단 일에만 적용되는
것이 아니다. 얼마 전 가게 자리를 알아볼 때도 그랬다. 내
가게를 해야지 하고 마음먹은 지가 벌써 1년이 넘었는데,
아직도 적당한 자리를 찾지 못했다. 그러다 우연히 한
건물을 보게 되었는데, 3층부터 5층까지 통으로 임대하는
조건이었다. 위치는 내 합정동 자취방에서 걸어서 10분
거리에 있었고, 비록 5층은 옥탑방을 개조한 것이었지만

내가 살아도 문제가 되지 않을 만큼 쾌적했다. 머릿속
계산기가 빠르게 돌아갔다. 내가 거주하면서, 3층에서
가게를 하고, 4층을 게스트하우스처럼 운영하면 월세는
금방 충당할 수 있을 것 같았다. 게다가 건물주 할아버지는
나를 퍽이나 마음에 들어 하셨다. 처음 해보는 큰 월세
계약이라서 이 조건 저 조건을 내세웠는데도 흔쾌히
들어주셨다. 오랫동안 기다려왔던 가게 자리를 드디어
찾은 것 같아 매우 설렜다. 드디어 기회를 잡았다고
생각하면서 말이다.

　　그런데 이 설렘은 다음 날이 되자 와장창
무너져버렸다. 나이 드신 건물주 할아버지 대신, 그
아드님이 협상에 나섰다. 처음에 내가 제시했던 여러
조건들은 취소되었고, 그는 까다로운 조건을 몇 개
더 내걸었다. 너무 간절히 원했던 공간이었기에 더
안타까웠고 마음이 조급해졌다. 그 조건을 다 들어주고
계약하는 것이 맞지 않을까 하는 생각도 들었다.
간절함이 집착으로 변할 때쯤, 조용히 되뇌었다. '내
것이 맞을까?' 하고 말이다. 그리고 마법처럼 불안한

마음이 사그라들었다. 그 자리는 내 자리가 아니라고
말이다. 건물주 할아버지에게 계약은 없던 것으로 하자고
통보했다. 그날 밤에는 너무 아쉬워 잠이 오지 않았다.
하지만 다음 날 아침에는 그런 마음이 싹 가실 만큼
개운했다. 그 자리는 정말로 내 것이 아니었던 것이다.

기회를 포기하는 것은 의지가 없는 자세가 아니다.
기회를 떠나보낼 수 있는 용기야 말로 내가 정말 원하는
삶을 살아낼 수 있는 동력이 된다. 대부분의 고민은 '내
것이 아닌 것'을 탐냈을 때 생긴다. 물론 내 것이라는
판단이 들 때, 열정을 다해 그 기회를 잡으려는 자세도
필요하다.

무언가 일이 잘 풀리지 않거나 원하는 것이 잘
이루어지지 않아 스트레스받고 있다면 조용히 되뇌어
보자.

내 것이 아니오, 내 것이 아니오, 내 것이 아니오.

주문을 외웠을 때 마음의 안정이 찾아온다면 기꺼이

그것을 떠나 보내고, 조금 더 준비된 자세로 새로운 기회를 기다려보는 것이 어떨까. 내 안에 타오르는 무언가를 잘 가꿔가면서.

"가게를 할 거야"라고 말한 지가 1년이 훌쩍 넘었다. 아직 마음에 쏙 드는 자리가 나오지 않는다. 그래도 마음이 조급하지 않다. 조만간 좋은 공간을 만날 것 같은 기분 좋은 예감이 든다. '내 것이 아니오'의 주문이 내게 있으니 말이다.

불안하지 않다면
거짓말

얼마 전의 일이다. 이걸 악몽이라 부르기도 애매하지만
찝찝한 무언가에 시달리다가 가까스로 깼다. 꿈속의
나는 고등학생이었다. 전학 갈 준비를 하고 있었다. 여느
꿈에서나 그렇듯 현실과 동떨어진 이 가상현실을 제대로
인지하기가 어렵다. 정든 학교를 떠난 아쉬움, 새로운
친구들을 만나는 설렘······ 이런 복잡미묘한 감정들이 차츰
고조되어 '꿈꾸고 있는 나'는 고등학생인 '꿈속의 나'에게
충분히 이입되고 있었다.

　　왜인지는 모르겠으나, 전학 가는 날은 엄청나게

중요한 날이다. 한 치의 실수도 허용되지 않고 완벽하게
끝내야 하는 날이다. 역시나 극적인 시나리오에는 극적인
연출이 필요한가 보다. 꿈속에서조차 온정신을 곤두세워
전학 준비를 했다. 그런데 어처구니없게도 교복을 입고
등교하지 않았다. 선생님은 잠옷 차림의 나를 꾸짖으며
"이래서는 오늘 전학 못 간다!"라며 으름장을 놨다. 어느
누구보다 열심히 준비한 전학 날이 와르르 무너지는 순간,
서러움과 걱정이 해일처럼 밀려들어왔다. 다음 전학 날은
어떻게 준비해야 하나 마음 졸이고 있을 때 눈이 절로
떠졌다. 현실로 돌아오는 몇 초의 시간이 흐른 후에야
안도의 숨을 내쉬었다.

전학은 무슨…… 나 졸업했지, 그것도 한참 전에.

이런 가벼운 악몽을 꾸고 일어나면, 마음을 잔뜩 졸인
탓에 몸까지 뻐근하다. 이런 꿈을 꾸는 것도 어제오늘
일이 아니다. 하루는 웬 산짐승에게 쫓겨 미친 듯이
꿈속을 뛰어다녔다. 숨찰 정도로 열심히 뛰었는데 결국

따라잡히고 말았다. 그런데 이 산짐승이 말의 형상인데 날개를 달고 있는 모양새가 딱 유니콘이었다. 꿈속에서는 내리 찝찝했지만 태몽인가 싶어 가족들한테 말했다가 욕만 바가지로 먹었으니 유니콘은 아니었나 보다.

평소에는 잘 꿈꾸지 않는 편인데 요즘 들어 그렇게 내리 악몽에 시달린다. 의외로 둔해서 위경련으로 떼굴떼굴 구르고 나서야 '나 요즘 스트레스받나' 하고 생각하는 나다. 이렇게 연거푸 악몽을 꾸고 난 후에야 스스로를 되돌아본다. 쌓여 있는 일들에 "일복이 넘쳐 감사하다"라고 말하고 다니지만, 그 감사한 일복 덕에 새벽까지 잠 못 드는 날이 많다. 침대에 누우면 핸드폰으로 그다음 일을 검색하고 있다. 그러다 겨우 잠들면 무슨 메시지라도 받는 것처럼 꿈꾸는 것이다. 이쯤 되면 내 마음을 솔직하게 정의 내려도 될 것 같다.

나는 불안하다. 그것도 무지.

감정에 둔한 만큼 불안의 이유를 찾는 것은 더더욱

97

어렵다. 차라리 밥벌이에 대한 불안이면 쉬울지도 모르겠다. 밥벌이에 대한 걱정은 해답이 명확하다. 퇴사 후의 삶이 정 풀리지 않으면 다시 취업하면 된다. 취업도 힘들다면 (그런 상황까지는 안 가기를 바라지만) 연어족이 되어 부모님께 돌아가도 된다. 연달아 악몽에 시달리는 불안감의 근원은 밥벌이 문제가 아닌 것이다. 불안의 증상에 귀 기울이며 조금 더 구체적으로 그 이유를 들여다보았다.

우선 나는 지금 하고 있는 일을 잘해야 한다는 부담감이 있다. 이 부담감은 다음 일을 연이어 구해야 한다는 압박으로 연결된다. 변변찮은 일만 쭉 하다 그저 그런 사람으로 나이 드는 모습도 어렴풋이 스쳐갔다. 불안의 연쇄 고리에 귀 기울이니 마음 깊은 곳에서 또 다른 소리가 들려왔다.

'나 이대로 괜찮나'라는 속삭임.

지금의 내가 누가 봐도 괜찮은 상황일지라도,

불안은 내 모든 직관과 상황을 신기루처럼 만들어버린다. 긍정적인 결과를 내도 '운'에 의한 거품들이라 언제라도 꺼질 것만 같다. 아직 일어나지도 않은 일들은 산더미처럼 커다란 걱정이 되어 나를 짓누른다. 불안에 자꾸 다급해지면 몸만 바삐 움직일 뿐, 오히려 되는 일은 하나도 없다. 불안이 이렇게까지 이어질 즈음이면 몸이 절로 신호를 보낸다. 시답잖은 악몽에 시달리고 숨이 턱턱 막힌다. 그러니까 몸은 소리 지르며 불안을 거부하고 있는 것이다.

(!!!)
"그만 불안해해" 하고 말이다.

대체로 몸은 마음이 아픈 순간에 신호를 보낸다. 예를 들면 이렇다. 잠시 지쳐 누워 있을 때가 있다. 처음에는 적절한 휴식이었지만 일정 수준을 넘어서면 마음이 나태해지고 몸이 이곳저곳 쿡쿡 쑤신다. 그러면 나는 딱히 할 일이 없으면 방이라도 부지런히 청소하곤 한다. 나는 몸이 보내는 신호를 잘 따랐다. 하지만 '그만 불안해하기'는 결코 실현된 적이 없다. 밥벌이가 험난한 요즘만 그런 것이 아니다. 30년 가까이 내 몸은 줄기차게 그만 좀 불안해하라고 타박했지만, 때를 막론하고 내 마음은 그러지 못했다. 입시를 준비하던 고등학생 때도, 대학생이 되어 무서운 교수님 앞에서 과제물을 발표할 때도, 회사를 다닐 때도 불안의 내용은 디테일만 다를 뿐 불안의 패턴은 항상 비슷했다.

첫째, 아직 일어나지 않은 미래에 대한 불안감. 고등학교 때는 '대학교에 붙을 수 있을까, 떨어지면 어쩌지?' 하고 고민했다. 대학교 때는 '취업은 할 수 있을까?' 하고 고민했다. 요즘은 '다음 일이 없으면 어떡하지' 하고 고민하고, 조금 더 지나면 '결혼은 하고 애는 낳고 살 수 있을까?' 하고 고민할지도 모른다.

둘째, 상대방의 기대에 대한 불안감. 회사에 취업하고 얼마 되지 않았을 때의 이야기다. 내 작업물이 사수의 마음에 들지 않을까 봐 한참 고민했다. 작업물이 마음에 들지 않아 나를 안 좋게 보면 어떡하지 하고 걱정했다. 교우관계에서도 마찬가지다. 가볍게 건넨 농담이 혹여

나를 싫어하는 도화선이 되지는 않을까 조마조마하는
날들이 이어졌다. 요즘 내가 일의 완성도에 부담을 느끼는
것도, 어쩌면 결과물을 받는 사람을 '만족시킬 수 있을까'
하는 고민일지도 모르겠다.

　마지막으로 나 자신에 대한 불안감. 회사라는
바운더리에서 벗어나 홀로서기를 시작한 요즘의 나에게
'이대로 괜찮을까'라는 질문은 꽤나 자연스러운 것일지도
모른다. 하지만 회사라는 안정적인 프레임에 거할 때도
나 자신에 대한 근본적인 질문들은 계속되곤 했었다.
반복되는 업무 속에서 '이대로 괜찮을까'라고 질문했었고,
급여명세서를 보면서도 '이대로 괜찮을까'라고 걱정했었다.
업무와 급여, 그 이면에 감춰진 내 자신에게 던지는 질문과
걱정이었다.

　조금 과장하면, 나는 세 가지 종류의 불안을
번갈아가며, 또는 여러 불안을 동시에 겪으며 '불안과
붙어 있는 삶'을 살았던 것 같다. 이는 비단 나뿐만이 아닐
것이다. 직장을 다니는 내 친구도 그러하고, 나에게 일을
주는 업체 대표님도 그러하고, 자식 다 키워서 은퇴 생활을

준비하는 부모님도 그러하다. 다들 구체적인 내용과
정도만 다를 뿐, 불안과 붙어 있는 삶을 살고 있는 것이다.

애석하게도 나는 몸의 신호에 제대로 반응해내지
못한다. 악몽을 연달아 꾸면서도 계속 불안해할 수밖에
없다. 모두가 그렇다. 누군가 나는 불안하지 않다고
당당하게 이야기한다면, 그건 거짓말일 가능성이 대단히
높다. 그저 그는 자기 마음을 들여다보지 못했을 뿐이다.

불안하지 않다면 거짓말이다.

정도의 차이는 분명 있다. 누군가는 매일같이
폭풍 속을 지나고 있을 것이며, 누군가는 잔잔한
파도처럼 불안의 감정이 들어왔다 나갔다 할 것이다.
나는 불안이라는 감정을 억지로 잊고 지내려고 하는
편이다. 간혹 갑작스레 들이닥친 폭풍과 같은 불안감에
시달릴 때도 있는데, 그럴 때면 되레 '그래, 나 불안하다'
하고 인정해버리곤 했다. 그러면 신기하게도 마음의
파도는 생각보다 빠르게 진정되었다. 불안이 막연한

감정으로 있을 때는, 형체도 알 수 없는 부정적인 감정의
소용돌이처럼 휘둔다. 하지만 그 실체를 인정하고 나면, 그
불안은 나에게 보내는 하나의 시그널이 된다.

사실 나는 꼼꼼한 스타일이 아니라서 회사에 있을
때도 사소한 실수가 많았다. 하지만 요즘에는 거의
없다시피 하다. 오롯이 나 혼자 작업을 '잘' 감당해야 한다는
불안감이 불러온 작은 성과다. 찜찜하고 불안한 마음에
몇 번이고 작업물을 들여다보는 것은 결코 유쾌한 습관은
아니지만, 이것도 나름의 성장이다.

글을 쓰거나 새로운 프로젝트를 위해 자료를 찾다
보면 우울과 불안에 다다를 때가 많다. 뛰어난 글솜씨,
독창적인 주제, 기발한 발상. 세상에는 실력 있는 사람들이
이렇게나 많은지 모르겠다. 불안 속에서 바라본 세상엔
크고 멋지고 잘하는 사람들투성이다. 그러곤 그 불안을
상수로 인정한다. 그 엄연한 팩트는 동시에 내가 앞으로
나아가야 할 길이 그만큼 더 있다는 가능성으로 인지된다.
불안은 나를 멈추지 않고 성장하게 하는 촉매제인 셈이다.

불안은 나를 앞으로 나아가게 한다. _{부명}

마음이 너무 요동칠 때면, 그때의 부정적인 감정은
정말 뭣 같다. 그렇기에 그 부정적인 감정이 지나치게
요동치지 않도록, 기준을 세워 불안에 적응하는 능력이
필요하다. 대부분의 불안은 아직 일어나지 않은 것에 대해
발생한다. 우리가 미래를 예측할 수 없기에 만들어낸
온갖 상상들이 불안을 낳는 것이다. 역으로 '괜찮다'고
이야기하면 불안은 되레 사그라진다.

불안에 적응하는 가장 빠른 방법은 '원래 이런
거야'라고 담담히 넘겨버리는 것이다. 물론, 그렇게 불안이
바로 잠재워진다면 이 세상 어느 누구도 불안에 시달리지
않을 것이다. 그럼에도 불안이란 파고를 타고 넘어선
경험을 축적할 수 있다면, 이를 자신만의 패턴으로 만들 수
있을 것이다.

불안에 도무지 적응되지 않는다면, 때로는 그냥 멈출
필요도 있다. 물속에서 허우적대면 더 깊이 빠져들게 된다.
가만히 있으면 몸이 자연스레 두둥실 떠오르곤 한다.

불안도 그렇다. 불안이란 존재를 긍정적으로 인식하거나, 자신만의 리듬을 찾아 불안에 적응하면서 일시적으로 마음을 추스를 수는 있다. 하지만 거센 불안이 한꺼번에 몰아칠 때는 그저 멈추는 것이 더 나을 때가 많다. 억지로 부정적인 감정을 없애려고 이리저리 행동하려 들 때 불안 속으로 더 깊이 가라앉게 될지도 모른다. 불안 속에 갇혀버리고 만다.

　나 역시 종종 그러했다. 한때 알 수 없는 막연한 불안감에 이 일 저 일 벌리곤 했다. 이 일에도 확신이 없고 저 일에도 확신이 없기 때문이다. 그렇게 부지런히 뛰어도 불안감은 해소되지 않았다. 오히려 그 불안감이 해소된 순간은 내가 잠시 모든 것을 멈추고 차분하게 생각하면서부터였다. 허우적거림을 멈추고 가만히 나를 들여다보면, 불안의 바다에 푹 가라앉을 것만 같다. 하지만 조금만 지나면 '정리된 생각'이 두둥실 떠오르곤 했다. 나의 불안은 고요히 잠재워졌다.

내 불안의 파도는 언제나 요동친다.

밀물처럼 들어와 나를 푹 담가버리기도 하고, 썰물처럼 쭉 빠져나가 언제 그랬냐는 듯 저 멀리서 잔잔히 철썩이곤 한다. 나는 오늘도 불안할 것이고, 내일도 불안할 것이고, 먼 훗날 많은 것을 이룬 때에도 불안할 것이다.

하지만 불안은 더 이상 부정적인 감정의 덩어리가 아니다. '나'라는 사람의 성장을 꿈꾸는 무의식의 신호이고 자극제다. 시간과 경험이 쌓이면 나름의 방법으로 길들일 수도 있다. 그러니 오늘 밤도 시답잖은 악몽을 꿀 나에게 속삭여본다.

큰 걱정 말라고. 조금 더 불안과 근사한 동행을 해보라고.

'을'이 아닌 '나'라는 자세

"안타깝게도…… 을병乙病 말기입니다."

"선생님, 저는 아예 가망이 없는 건가요?"

"네, 아주 심각한 호구십니다."

이 뚱딴지같은 상황극은 친구 '손'과 주고받은 대화의
일부다. 배경은 이렇다. 점잖게 보였던 클라이언트가
사실은 마음이 하루에도 수십 번씩 바뀌는 사람이었다.
여기에다가 눈은 또 무지하게 높은데 내가 그 변덕과
눈높이에 맞추지 못하니, 담당자의 화살이 그대로

나에게 꽂히는 것이다. 점잖은 외모와 달리 한가락 하는 히스테리는 분명 갑질이었다. 하지만 어디 기댈 곳 없는 3년 차 프리랜서가 무슨 도리가 있겠는가. 그저 "네, 네" 하며 조아릴 뿐. 클라이언트 앞에서는 뭐든지 수긍하는 예스맨이었지만 뒤돌아서니 빵 하고 터져 눈물이 주룩주룩 흘렀다. 그렇게 나는 또다시 '호구' 취급당했다.

그런데 문제는 이것이 오늘내일의 일이 아니라는 것이다. 이번 달에만 벌써 세 번째. 미팅만 끝나면 울상이 되는 나를 가까이서 본 '손'은 내 상태를 정확히 진단했다.

"너는 을병이야. 거절도 못 하고 맞춰주기만 하다……
결국 빵 터지는 을병."

그는 나조차 기억 못 하는 일화들을 읊어댔다. 본인조차 읽지 않은 책을 읽으라고 상사에게 구박당했다고 쪼르르 서점에 달려가 책을 읽었던 일화, 선생님에게 혼나듯 미팅 내내 달달 볶였는데도 아무 말 못 했던 일화 등등. 타들어가는 내 속마음을 모르는 누군가가 들으면,

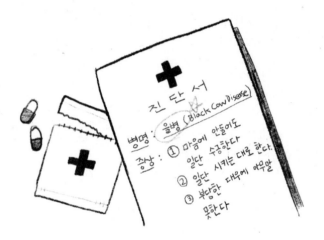

마치 빠르게 타협점을 찾아 어느 누구와도 충돌하지 않는 어느 소심한 사원의 무용담이었다. 하지만 내 속마음을 속속들이 아는 '손'의 눈에는, 난 그저 내 주장 한번 펼치지 못한 '호구 중에 호구'였다. 괜히 분했다. 안 그래도 말도 안 되는 클라이언트의 요구에 짜증나 죽겠는데, 얘까지 나보고 호구라고 그런다. 더욱 분한 것은 구구절절 틀린 말이 없다는 것. 그는 연달아 자신이 진짜 의사라도 된 것처럼 을병의 증상을 읊어댄다.

마음에 안 들어도 ^{일단} 수긍하기.
그 자리에서는 ^{일단} 웃기.
시키는 대로 ^{일단} 하기.

증상의 여파는 고스란히 나 자신에게 전해진다. 충돌 없는 사무실에서 타들어가는 것은 내 마음뿐이었다. 가득 찬 유리잔마냥, 내 마음은 언제라도 쏟아져버릴 것만 같았다. 끽해야 4년도 안 되는 짧은 사회생활 끝에 남은 것은 온갖 클라이언트의 온갖 요구를 들어주다 걸린

'을병'이었다. 그런데 웬걸. 회사 밖에 나오니 을 중의 을,
호구 중에 호구였다. 뭔가 확실한 대책이 필요해 보였다.
한번 시작한 상황극 속에서 '손'과 나는 머리를 맞대고
작전을 짜보았다. 이른바 '을병 탈출 작전'.

작전 1. 만만치 않은 비주얼로 승부하자.

"음, 네가 만만해 보이는 것은 아닐까?" 거절하는
법, 당당하게 이야기하는 법 따위의 이야기가 나올 줄
알았는데, '손'은 대뜸 내 외모부터 지적했다. 생각해보니
나는 언제나 애정 어린 놀림의 대상이었다. 부스스한
머리에 화장기 없는 얼굴로 다니니 누구든 나를 편하게
대했다. 학교에서도 회사에서도 다들 나에게 편하게
이야기하고 짓궂은 농담을 던져도 배시시 웃기만 했다.
생각해보니…… 나, 확실히 만만하긴 한 것 같다.

불현듯 타투와 피어싱으로 무장(?)한 프리랜서
디자이너들의 모습과 동양인으로 북유럽에서 활동하는
까닭에 돋보이기 위해 아예 삭발했다는 선배의 이야기가

떠올랐다. (아! 그 선배가 탈모라는 소문은 정말 루머였나?!)

을병에서 탈출하려면 만만하지 않아야 하는구나. 만만해

보이지 않으려면 '쎄' 보여야 하는구나.

그러곤 거울 앞에서 한쪽 머리를 젖히고

상상해보았다. 가죽 자켓에 10센티미터 하이힐을 신은

김영지…… 머리를 휙 넘기면 목덜미에 타투가 '딱'. 소매를

확 걷으면 양팔에 용이 한 마리씩 '딱!' '딱!'. 이 정도

비주얼이면 어떤 클라이언트도 나를 함부로 대하지 못할

것 같았다. 다만…… 내 주변 사람들도 떨어져 나갈 것 같다.

'손'도 고개를 절레절레 젓는다. 쳇. '쎄' 보이긴 글렀다.

대신 우리는 좀 더 포멀formal한 자리에 걸맞은 단정한

옷을 한 벌 마련하기로 합의봤다.

작전 2. 가는 말이 고와야 오는 말이 곱다.

비주얼은 글렀으니 말과 태도라도 바꿔보자. 사람은

반복학습의 동물이라고 했다. 애석하게도 나의 주장들이

무기력하게 꺾이는 상황을 몇 차례 경험하고는, 어느

순간부터 내 생각들을 속으로 삼키기만 했다. 첨예한 의견 대립으로 점철된 작업들의 끝에는 극심한 감정 소모 말고는 크게 남는 것이 없다는 점도 한몫했다. 문제가 있다는 생각이 들어도 굳이 주장하지 않았고, 묵묵히 상대방의 요구 안에서 최선을 다한 결과물이 빛을 발한 경험도 더러 있었다. 그런 경험들이 어우러져 내 머릿속엔 '일 잘하는 사람'이란 '요구 사항을 잘 받아들이고, 시키는 대로 잘해내고, 상대의 의도를 잘 파악해서 그들이 생각한 것보다 조금 더 잘하는 사람'이라는 생각이 꽤나 깊숙이 자리 잡혀 있었다.

내 주장을 이야기하는 것은 생각보다 힘들고 귀찮은 일이다. 나 스스로를 설득하는 과정을 거쳐 확신을 가져야 하고, 이를 관철시키기 위한 전략을 세워야 한다. 나는 이 모든 번거로운 절차에 대한 귀찮음을 '좋게, 좋게'라는 수더분한 태도로 숨겨오고 있었다. 아무것도 하지 않으면 절반이라도 가니까.

하지만 회사 밖은 달랐다. 원하는 대로 맞춰주기만 했던 이들은 계속해서 끝없는 추가 업무를 요청했다.

프로젝트는 점점 산으로 가기 일쑤였다. 나에게는 '강단'이
필요하다.

얼마 전 미팅을 마친 클라이언트와의 대화가
생각났다. 그는 A안을 희망했고 나는 B안을 희망했다.
당연히 A안이 선택되었다. A안은 여러모로 불리하고 힘든
방향이었다. 하지만 나는 내 주장을 사수하는 귀찮음에
클라이언트의 말을 묵묵히 따를 뿐이었다. 지금이라도
강단을 보여주자. 나는 '쎄게, 강하게, 힘차게' 뒤늦은
메일을 보냈다.

이러저러해서

죄송하지만, A안은 아닌 것 같습니다.
B안으로 가야 할 것 같아요. 그게 맞는 방향이네요.

빨간밑줄!

메일 전송 버튼을 누르고는 꽤나 들뜬 기분으로
답장을 기다렸다. 내 달라진 태도에 깜짝 놀라겠지. '아니,
영지씨가 이렇게 자기주장이 강한 사람이었구나! 이야기를
더 잘 들어줘야겠어' 하고 말이다. 한 시간 뒤 답장이 왔다.
예상은 처참히 빗나갔다.

영지씨. 이 메일은 뭐죠? 싸우자는 건가요?
정말 실망입니다. 저는 제 생각을 바꿀 의사가 없습니다.

이런, 작전 대실패다. 나는 급히 수습했다. 실수로
잘못 보낸 것이라고. 이대로 클라이언트와는 사이가
아주 작살나버린 것일까. 을병이 더 크게 도졌다.
단호함만으로는 을병을 벗어날 수 없었다.

작전 3. '을'이 아닌 '나'라는 자세로.

비주얼만으로도 안 되고, 단호함만으로도 되지 않았다.
을병 타개를 위한 작전이 연이어 실패하니 씁쓸한 마음에
주변 사람들을 둘러보게 되었다. 듣는 사람이 조마조마할
정도로 화를 내는 것인지 헷갈릴 만큼 강하게만
이야기하는 사람, 웃으면서 조곤조곤 할 말 다 하는 사람.
저마다 다른 태도로 분명하게 자기 입장을 이야기하고
있었다.

나는 한 선배와의 술자리에서 억울해 죽기 직전이었던

얼마 전 상황에 대해 토로했다. 누군가는 강하게
이야기하면 되고, 나는 그렇게 해도 먹히지 않는다는
사실에 새삼 울컥하기도 했다. 선배에게 물었다. 역시 내가
만만해 보여서 그러는 거냐고. 선배는 웃으면서 대답했다.

"사람마다 자신에게 어울리는 단호한 화법이 있는데, 내
생각에 영지가 한 말들은 영지에게 어울리지 않았던 것
같아."

아니, 단호하게 이야기하면 했지, 나한테 어울리지
않는 태도는 또 무엇이란 말인가. 선배는 계속 이야기했다.

"네가 처음부터 차갑게 말하고, 단호한 어조로 쭉
이야기했다면, 상대방도 그렇게 당황해하지 않았을
거야. 하지만 애초에 너라는 사람이 살갑게 웃으며
얘기하다가 갑자기 정색하고 얘기하니, 그 사람
입장에서는 자기랑 싸우자는 건가 싶은 거지. 단호하게
이야기하라는 것은 정색하고 싸우라는 말이 아니야.

너에게 맞는 태도와 화법으로 상대방을 분명하게
설득하라는 거지."

그 말을 듣고 나서야 나는 무의식적으로 '굽히지
않는다＝배려하지 않는다'는 마음으로 상대를 대했구나
하는 생각이 들었다. 다음 날, 클라이언트에게 다시 메일을
보냈다. 사과의 말과 함께 내가 그렇게 주장했던 이유를
또박또박 전했다. 그러자 그도 어느 정도 수긍하며 일은 잘
마무리되었다.

일련의 사건들을 몇 번 더 겪은 후에야 선배가
이야기한 '나만의 단호한 화법'을 어렴풋이 느끼기
시작했다. 나는 감정을 섞어 이야기하는 것보다 차분하게
내 생각을 여러 근거를 들어 설득하는 것이 효과적이었다.
어떤 제안을 바로 거절하는 것보다는 '음……' 하며 조금
뜸을 들이고 거절하는 것이 더 효과적이었지만, 때로는 내
생각을 바로 얘기하며 반박하는 것이 나을 때도 있었다.
나는 이렇게 여러 경험을 통해 '나만의 자세'를 만들어가고
있었다. 갑도 아니고 을도 아닌, 나의 주장을 바르게 펼치는

나만의 자세 말이다.

나에게 '을병 말기'라고 진단한 '손'을 다시 만났다.
어김없이 불평불만을 늘어놓는 나였기에, 그의 농담
섞인 걱정이 이어졌다. 하지만 그날은 달랐다. 대화 도중
갑작스레 클라이언트에게서 전화를 받아야 했는데,
급한 업무 요청이 주된 내용이었다. 나는 수화기 너머로
단호하지만 예의 바르게 거절의 기술을 수행했고,
클라이언트도 별 무리 없이 동의했고, 우리는 "주말 잘
보내세요"라고 밝은 인사까지 덧붙이며 통화를 끝냈다.
'손'은 나의 변한 모습에 사뭇 놀랐다. 나는 그 순간을
놓치지 않고 한마디 덧붙였다.

"이제 더 이상, '을병 멸기'는 없다고."

물론 아직도 나는 많은 부분들을 내 마음대로 하지
못하고, 여전히 하지 못한 말들이 많아 끙끙 앓고 있다.
그러나 적어도 이전처럼 모든 것을 속으로만 삭히지

않으며, 불만이 있으면 바로바로 이야기할 수 있게 되었다. 주장하는 태도와 기술은 시간이 쌓일수록 더욱 성장하고 있다. 천성이 우유부단하고 싸우는 것을 싫어하는 내게, 어떤 의견을 강하게 이야기하는 것은 여전히 힘들다. 그러나 분명한 것은, 그럼에도 불구하고 내가 분명히 이야기하면 할수록 내가 수고해야 할 부분은 덜어지고 나에게 돌아오는 몫은 더 많아진다는 것이다.

나는 이 세상 모든 을병 환자들에게 이렇게 말하고 싶다. 어서 빨리 자기 이야기를 하라고, 비주얼이 아니라 거친 말이 아니라 자신에게 어울리는 태도와 화법으로 말이다.

그리고 을이 아닌 나만의 자세로.

엄마는 나를
부러워한다

"너는 좋아하는 일 하고 사니까 좋겠다."

엄마가 입버릇처럼 하는 얘기다. 소소한 푸념이
이어지곤 한다. 엄마가 회사에서 얼마나 의미 없는
보고서를 쓰고 있는지, 그 일들이 얼마나 하기 싫고
지겨운지, 하고 싶지만 하지 못하는 일들이 얼마나
많은지…….

엄마 말이 맞다. 나는 나 하고 싶은 것 다 하고
산다. 하고 싶은 것들을 다 하다못해, 시간이 없다고

투덜대기까지 한다. 엄마의 푸념이 나의 짜증 섞인
투덜거림에 쿵 하고 부딪히는 순간이다.

　　엄마는 꽤 어린 나이에 나를 낳으셨다. 그러다 보니
어느 엄마들보다 젊었고, 학부모 모임이 있는 날이면 가장
돋보이는 사람이었다. 젊고 스타일 좋은, 말 그대로 '아가씨'
같은 우리 엄마는 튈 수밖에 없었다. 지금 생각해보면 유독
학부모 모임이 잦았던 모교에서 엄마는 다른 엄마들과 잘
어울리지 못했다. 이유는 단순했다. 엄마는 출근해야 해서
평일 점심 모임 시간에 참석할 수 없었고, 간혹 주말이나
저녁 모임이 잡힐 때면 엄마는 밀린 집안일을 하고 집안
어르신들을 모셔야 했다. 엄마에게 학부모 모임을 나갈
여유는 허용되지 않았다.
　　엄마는 퇴근해서도 밤늦게까지 회사 업무를 붙잡고
있었다. 주말 출근도 부지기수였다. 내게 항상 '하고 싶은
일을 하라'고 이야기하는 엄마라서, 나는 엄마도 일이
너무 좋아서 그렇게 사는 줄 알았다. 나는 그런 엄마의
모습이 좋았다. 가끔 친구들이 우리 엄마와 마주치면,

27살 워킹맘유여사

4살 김영지

왜 이렇게 젊으시냐고 놀라곤 했다. 그러면 난 으쓱했다.
그러곤 엄마가 어떤 일을 하는지, 일 때문에 얼마나
바쁜지 자랑했다. 친구들은 커리어우먼의 딸이라며 나를
치켜세우곤 했다.

그러니까 내가 기억하는 엄마는 좋아하는 일을 멋지게
해내는 커리어우먼이었다. 퇴근하고도 이어지는 집안일을
불평 하나 없이 능숙하게 해내는 엄마를 보며, 그녀가 정말
강하다고 생각했다.

세월이 꽤 흐르고 나서야 깨달았다. 하나는 맞고
하나는 틀리다는 것을. 그녀는 강했지만, 좋아하는 일을
하고 있지는 않았다. 그녀의 모든 일은 오롯이 가족들을
위한 것이었다. 늦은 밤까지 붙잡고 있어야 했던 엄마의
업무는, 내가 씩씩대며 해내던 야근과 다를 게 없었다.
다만, 그녀는 가족을 돌봐야 했기에 바리바리 남은 업무를
싸 온 것이다.

상대적으로 젊은 엄마는 학부모들 사이에 서 있을
때마다 "아가씨 같다"는 말을 듣곤 했다. 그 말에 괜히
우쭐했던 나와 다르게, 엄마는 오히려 움츠려들지

않았을까. 어쩌면 그 기분은 내가 종종 업무 미팅 시
내 나이를 알게 된 사람들의 반응을 헤아리는 것과
비슷하겠지.

엄마는 나만큼이나 하고 싶은 것이 많은 사람이었다.
그럼에도 불구하고 그녀는 엄마라는 책임감을 우선시했다.
엄마는 그 무거운 책임감을 지금껏 나에게 꽁꽁 숨겨왔다.
엄마의 마음을 헤아리기 시작한 것은 불과 몇 년이 되지
않는다. 그 모든 것을 감내하고도 내게 싫은 내색 하나
보이지 않던 엄마는 어른이었다. 그것도 강한 어른.

내가 노트북 앞에서 사부작사부작 무언가 하고
있으면, 엄마는 쓰윽 옆에 다가와 무얼 하고 있는지 묻곤
한다. 반짝이는 엄마의 두 눈에는 호기심과 기대감이
가득하다. 이러이러한 것을 하고 있다고 대답하면, 말로는
"몸 상하지 않게 너무 일 벌이지 말아라"라고 하지만
목소리는 잔뜩 상기되어 있다. 그리고 부러움 섞인
한마디가 이어진다.

"명지는 하고 싶은 것 다 하고 살아서 너무 즐겁겠다."

이제는 그 말에 부러움만 있는 것은 아니라는 것을
안다. 엄마가 참고 살아온 세월 덕분에 나만큼은 하고
싶은 것을 다 하고 살 수 있겠다는 뿌듯함이 있다. 엄마는
아예 의자를 끌고 와 내 옆에 앉아 이야기를 시작했다.
'쫑알쫑알'이라는 표현은 조금 버릇없지만 다른 적절한
표현은 떠오르지 않는다. 엄마 친구들한테 딸 자랑은 재수
없을까 싶어 더 이상 못 하겠다는 이야기로 시작하여
엄마도 회사를 때려치울까 하는 이야기까지. 이제는
대사까지 따라 할 수 있을 만큼 반복되는 이야기이지만,
그녀가 굳이 입 밖에 내지 않는 깊은 속내까지 전해져 내
마음이 아려온다. 그녀가 하고 싶은 일들을 하지 않았기에
내가 하고 싶은 일들을 하고 산다는 사실을, 그리하여 하고
싶은 일들을 하고 사는 딸을 그녀가 얼마나 부러워하고
뿌듯해하는지를 이제는 알 것도 같다.

꼴에 머리는 조금 컸다고 엄마의 마음을 이해하기
시작했나 보다. 하지만 당장 "엄마 일 때려치워. 내가

책임질게"라고 외칠 만큼 자리 잡지도 못했고, 엄마의 감정을 섬세하게 보듬어줄 만큼 마음의 여유도 없다. 그런 내 자신이 짜증나기도 한다. 그 불똥이 괜히 엄마에게 튄다. 바빠 죽겠는데 집중 안 되니 그만 얘기하라고 엄마와의 대화를 뚝 끊어버린다.

엄마의 상기된 목소리는 나를 마냥 들뜨게 하지 않는다. 속에서 무엇인가를 울렁거리게 한다. 그녀가 참아온 세월을 아직 보상해주지 못한 딸의 죄책감과 이제라도 그녀가 하고 싶은 일을 할 수 있도록 도와야 한다는 책임감. 이 울렁거림은 결코 유쾌하지 않다. 한참 어른이 되지 못한 나는 어렵기만 하다.

그날도 노트북 앞에 앉아 있는 내 옆으로 엄마가 스윽 자리 잡았다.

"뭐해?"

"나 연말에 파리 가려고. 한 달 정도 있다 올 거야."

"파리는 왜?"

"머리도 식히고 작업도 하고. 파리 가서 꽃 공예도 좀 배우고 싶더라고."

"꽃 공예?"

그제야 퍼뜩, 엄마가 스치듯 했던 이야기들이
떠올랐다. 꽃집을 하고 싶다고 했다. 그러나 현실의 많은
것들은 그녀의 시도조차 방해하고 있었다. 아니나 다를까
꽃 이야기가 나오자마자 엄마의 두 눈이 반짝인다.

"응, 공간 디자인할 때 꽃이 톡톡히 쓰이는데, 나도
조금 배워보고 싶더라고."

"그래? 나도 배우고 싶었는데."

아니나 다를까. 꽃집에 대한 엄마의 젊었을 적
생각들을 줄줄 흘러나온다. 꽃들이 얼마나 좋은지, 그러나
그 일이 얼마나 힘든지, 벌이는 얼마나 적을지…… 푸념은
후회로 끝난다. 그래도 한번 배워나 볼걸, 하고 말이다.

엄마의 말이 끝나자마자 작은 생각이 스쳐갔다.
엄마는 수십 년간 하고 싶은 것들을 수없이 내려놓았다.
엄마는 하고 싶은 것을 마음 편히 하는 법을 잊은 것이
아닐까. 가족보다 자신을 우선시하는 것이 너무 낯선 것은
아닐까.

나는 아직 나 하나 간수하기도 너무 벅차다. "내가
다 책임질 테니, 엄마는 하고 싶은 일 다 해"라는 말은
목구멍에서나 맴돌 뿐 결코 소리 내어 나오지 않는다.
아직도 어리광 부리고 싶은 딸의 마음은 엄마에게 무엇을
해드릴 수 있을지 고민만 앞설 뿐이다. 어쩌면 지금 당장
엄마에게 해줄 수 있는 일은 그보다 더 단순할지 모르겠다.
근거 없는 배짱으로 괜한 무리수를 던져본다.

"엄마도 가서 배울래?"

생각지도 못한 반응에 엄마의 눈망울이 흔들렸다.
나는 그 흔들림의 순간을 놓치지 않고 쏘아붙였다.
"엄마 포장 엄청 잘하잖아. 나보다 손재주 더 좋잖아.
엄마가 배우면 나보다 더 잘하지 않을까."
잠시의 머뭇거림이 사라지고 엄마가 들뜬 목소리로
받아쳤다.
"그렇지, 내가 손재주가 좋은데. 어쩌면 나는 진작 이런
일 했으면 더 좋았을지 몰라. 그럴까? 언제 갈 건데? 연휴

맞춰서 쉬면 될 것 같아."

그렇게 우리는 12월에 꽃 공예를 배우러 함께 파리에
가기로 했다. 수업료가 부담돼 나는 강의는 안 들을지도
모르겠다. 엄마가 수업을 듣고 오면 그걸로 됐다.

요즘 엄마는 내가 부럽다고 얘기하지 않는다. 대신
다른 주제를 계속 이야기한다. 여행 날짜는 언제가
좋을지, 커리큘럼 중에 뭘 들으면 좋을지, 가기 전에 뭘
하면 좋을지. 그러면 나는 또 귀찮다는 듯이 엄마 말을
뚝 끊고 얼마 전에 만난 사람들을 이야기한다. 나이 쉰
넘어서 요리를 배워 식당 차린 사람 이야기, 예순여섯에
'바르셀로나에서 한 달 살기' 하는 사람 이야기, 엄마도 잘
배워 와서 대박 꽃집을 차리면 좋겠다는 이야기.

"풉, 그래서 너희 외할머니는 오십 대가 제일 좋은
나이라고 하셨나 보다."

여든의 외할머니는 엄마가 부럽다고 하셨다. 어쩌면
그렇게 딸들은 엄마가 포기한 시간들을 먹으며 자라나

보다. 그렇게 부러움과 기특함 사이에서 살아가나 보다.

꽃 공예 여행이 끝나고 엄마가 당장 무얼 시작할 것이라는 섣부른 기대는 하지 않는다. 어쩌면 이 여행은 엄마를 위한 것이 아니라 내 마음의 짐을 내려놓기 위한 것일지도 모른다. 하지만 적어도 이 여행이 끝난 후에, 엄마가 '하고 싶은 것들을 했다'는 작은 뿌듯함이라도 생겨나기를 희망한다.

내가 비만이라니

믿거나 말거나.

인생의 2/3은 마른 체형으로 살았다. 얼굴은
동그래도 팔다리는 가느다란 '츄파춥스형' 사람이었다.
반바지를 입을 때면 '얄쌍한' 다리 때문에 "아니 왜 이렇게
말랐니"라는 말을 꼭 들었고, 딱 붙는 폴라티를 입을 때면
엄마는 '없어 보인다'며 차라리 헐렁한 옷을 입으라고
했다.

큰 노력 없이도 몸매가 유지되던 시절에 너무

오랫동안 머물러 있었던 탓일까. 지난 몇 년간 죄의식 없이 퍽퍽 빵에 발랐던 누텔라 때문일까. 세상에 맛있는 것이 너무 많아 한 번씩 다 먹어보고 싶었던 식탐 때문일까. 그도 아니면 15만 원이라는 적지 않은 한 달 강습비를 핑계 삼아 운동을 멀리하고 게으름을 일삼았기 때문일까.

거의 3년 만에 인바디검사에서 '비만'이 나왔다. 그것도 아주 심각한 비만. 체지방은 과다, 근육량은 부족. 최근 조금만 걸어도 헉헉거리는 바람에 운동해야겠다고 결심했던 차였다. 어렴풋이 짐작해왔던 나의 건강 상태는 명백한 숫자와 단어들로 빼도 박도 못하게 증명되어버렸다. 나는 비만이다.

사실 살쪘다는 것을 느끼지 않았던 것은 아니다. 좋아하던 옷들이 몸에 맞지 않았고, '살 빼야겠다'는 습관성 거짓말에 그저 고개 끄덕이던 가족과 친구들의 표정만으로도 충분히 알 수 있었다. 다만, 가끔씩 누군가가 찍어준 사진에 턱이 두 개인 것을 보아도 "껄껄껄 웃기게 생겼다"며 지나치게 털털하게 넘어갔다. 큰 치수의 옷을 사고 넉넉해진 핏을 보며, '그래도 이 정도면 귀엽잖아' 하고

외면하고 싶은 체중계의 숫자처럼
지금 눈앞에 있는 숙제들을
미뤄두었던 것은 아닐까?

넘어가기도 했다. 좋게 이야기하면 나는 외모 자존감이
아주 높았다. 안 좋게 이야기하면, 남들이 나를 어떻게
보던지 전혀 신경 쓰지 않았다.

물론, 한평생 꾸미는 것에 관심 없이 살아왔던 것은
아니다. 어느 누구보다 예쁜 옷을 좋아했고, 화장하는
것을 좋아했다. 매일같이 귀걸이를 바꿔 끼고 한 달에 한
번씩은 머리색을 바꾸던 시절이 있었다. 하지만 한두 해
나이를 먹으면서 머리치장 하는 시간에 조금이라도 더
자는 것이 중요해졌다. 옷 살 돈으로는 무언가를 배우거나
내 일을 위해 투자하는 것이 더 중요해졌다. 한 시간이고
두 시간이고 외출 준비에 시간을 쓰는 이들은 자존감이
부족해서라고 생각했고, 머리와 손톱 손질에 몇십만
원씩 쓰는 이들은 사치스럽다고 생각했다. 나는 점점
꾸미는 것과 멀어졌고 나를 가꾸지 않은 시간 동안 지방은
차곡차곡 쌓이고 있었다.

그런데 이제 나의 몸이 내 생각이 틀렸다고 말해준다.
하루에 몇 시간씩 걸어도 지치지 않던 나였는데, 고작
30분 정도 걸으니 숨이 헉헉 차올랐다. 조금만 활동해도

그다음 날엔 한없이 노곤해지고, 아무리 좋은 옷을 입어도
도무지 옷태가 나지 않았다. 그제야 나를 돌아보게 되었다.
바쁘다는 핑계로, 자존감이 높다는 변명으로 나 스스로를
방치해두었구나. 내 배에 그득한 지방들은 스스로를
방치해두었던 시간의 증표였다. 여전히 옷장 안에 자리
잡은 맞지 않는 옷들은 '뭐하러 꾸미냐'고 말하던 내 위선을
보여주었다.

몸만 그런 것이 아니었다. 프리랜서로, 사업가로
당당히 서겠다며 결심하곤 했지만, 응당 해야 할 일을
앞에 두고는 짜증부터 버럭 났다. '언젠가는 되겠지'라는
마음으로 한 걸음씩 딛고 있는 것이 아니라 아예 움직이지
않을 때도 많았다.

꿈을 열심히 좇는 친구들을 보며 '욕심이 많다'라고
생각했다. 진로를 고민하는 후배들에게는 "뭘 그렇게까지
열심히 사냐"며 조언해주곤 했다. 물론 지금도 애쓴다고
다 되는 것은 아니라고 생각한다. 다만, 남을 위해 애쓰지
말고 나의 선택들을 위해서 노력해야 한다는 것이 내

주장이었다. 그런데 나는 내가 스스로 선택한 것을
위해서도 달리지 않았다. '높은 자존감'을 무기 삼아
등한시했던 내 몸처럼, '자유로운 꿈'을 핑계 삼아 여러
책임으로부터 멀찍이 물러서 있었던 것이다.

회사 다닐 적에 매일같이 읽던 책들은 다 어디로
가버리고 마냥 핸드폰을 붙잡고 있을 때가 많았다. 생각을
비우겠다는 핑계로 보기 시작한 텔레비전은 정말로 나를
아무 생각 없는 바보로 만들었다. 나의 꿈엔 현실은 없고
이상만 있었다. 현실적 노력 없이 그저 뒹굴뒹굴 지내니,
도돌이표처럼 반복되는 일상은 내 마음을 뒤룩뒤룩
살찌우고 있을 뿐이었다.

다이어트를 시작했다.

헬스장을 끊고 디톡스 식단을 짰다. 이제 겨우 2주
차이고, 살은 전혀 빠진 것 같지 않다. 그래도 내 몸을
돌보는 시간, 그 자체만으로도 만족스럽다. "정말 맛없어"
"너무 배고파" 하며 외칠 때마다 나는 건강의 가치에 대해

다시 생각하고, 헬스장에서 운동하며 헉헉댈 때마다 나를 돌보지 않은 시간들에 대해 속죄(?)하고 있다. 운동시간을 매일 갖기 위해 평소보다 일찍 일어나고 조금 더 효율적으로 일을 처리하려 한다.

마음 다이어트도 시작했다. 전문서적을 읽을 수 있는 구독 서비스를 신청했다. 자기 전에 관심 분야의 글을 한 편 이상씩 읽는다. 키득키득 즐겨 보던 유튜브는 제쳐두고 내가 좋아하는 것들에 대해 공부하기 시작했다. 관련 모임에 참여하거나 나의 일에 도움이 될 만한 사람들과 약속을 잡았다. 나의 마음을 건강하게 해주는 사람들과 조금 더 많은 시간을 보냈다. 마음 운동을 열심히 하니, 더 이상 나쁜 생각들이 나를 비집고 들어올 틈이 없었다. 남들과의 비교의식, 스스로에 대한 불확신, 상존하는 불안감…… 이런 부정적인 생각들로 시간을 더 이상 허비할 수 없었다. 내 마음이 해야 할 운동들이 너무 많았으니까.

운동 4주 차, 나는 여전히 비만이다.

몇 달간은 계속 비만일 것이다. 수년에 걸쳐 방치해두었던 살들은 쉽사리 잡히지 않을 테니. 여전히 조금만 뛰어도 숨이 차오르지만, 이 느낌이 좋다. 러닝머신 위에서 달릴 때면 나의 지방들이 타고 있는 것 같고, 좋아하는 사람들과 만나러 바람같이 달려가고 있을 때 내 마음의 체증들이 한껏 씻기고 있는 것이 느껴진다.

나는 건강해지고 있다.

뽑지 못하는
사랑니

내 입 크기만큼 동그랗게 파인 천 쪼가리가 얼굴 위로
덮인다. 낯선 기계들만 시야에서 사라지면 두려움이
가실까 했는데 크나큰 오판이었다. 시야가 차단된 만큼
기계음은 더욱 또렷이 들려왔다. 나도 모르게 두 손을 불끈
쥐고 있었다. 차갑고 딱딱한 것들이 내 입에 들어가기
무섭게 이가 갈리는 듯한 굉음과 함께 내 짧고 강렬한
비명도 튀어나왔다.

　그러거나 말거나, "아플 거예요, 좀 더 참으세요"라는
말이 흩어지며 입안을 헤집는 무자비한 드릴질은

계속되었다. 두세 가지 다른 소리를 내는 기계가 입안을 휘젓고 나간 후에야 긴 치료가 끝났다. 치료의 피날레는 아무렇게나 쑤셔 넣어준 축축한 거즈를 몇 분이고 물고 있는 것이었다. 시간이 지날수록 침과 피가 뒤섞여 숨까지 컥컥 막혀오는 듯했다. 정말 두 번 다시 겪고 싶지 않은 스물일곱 내 인생의 첫 사랑니 치료 기억이다.

    너무 당연하게 여겨 감사한 줄 모르고 지나치는 것들이 종종 있다. 예를 들면, 부모님 댁의 무한 리필되는 과일들이 그렇다. 자취생활을 해보면, 집에 과일을 상시 구비해두는 것이 얼마나 힘든지 깨닫곤 한다. 다양한 과일을 골고루 준비해두는 부지런함과 센스도 필요하고, 상하지 않게 적시에 과일을 꺼내 가족들에게 분배해주는 민첩함도 지녀야 한다.

    20년 넘게 이어져온 내 '건치 이력'도 그랬다. 평생, 비염에 위염을 달고 사느라 안 가본 병원이 없는 나인데도 치과만큼은 딴 나라 별나라 이야기였다. 아주 고른 치아는 아니어도 교정은 필요하지 않았고 그 흔한 충치

하나 없었다. 초등학교 때는 '건치 아동'이라며 상장까지 받아오곤 했다. 신경 치료를 마치고 한쪽에 얼음주머니를 괸 채 어버버 하던 친구들의 '치과 괴담'은 전혀 와닿지 않았다. 당장 남동생만 하더라도 앞니를 전부 새로 해서 넣어야 했는데, 한 지붕 아래 살면서도 동생의 시련은 그저 남 일이었다.

그런 내게 충치가 생긴 것이다. 희한하게도 초콜릿만 먹으면 어금니가 시큰거렸다. 다른 음식은 괜찮은데 유독 초콜릿만 그랬다. 참을 만한 고통이라 그대로 방치해뒀는데, 아뿔싸. 자고 일어났더니 왼쪽 턱이 퉁퉁 부어 있었다. 부리나케 치과로 향하는 길에 스마트폰으로 '초콜릿만 먹으면 이가 시려요' 등의 질문을 검색해보았다. 두려움에 사로잡힌 수많은 '초콜릿 이 시림증 환자들'의 질문에 전문가들의 답변이 줄줄이 이어졌다. 아직은 경미해서 오로지 자극적인 음식에만 반응하는 '경미한 충치'가 내 병명인 듯했다. 아니나 다를까, 병원 의사 선생님도 동일한 진단을 내렸다. 그런데 단서가 하나 더 붙었다.

"사랑니가 ^{아주} 고약하게 났어요."

　　의사 선생님이 보여준 내 인생 첫 치아 엑스레이
사진은, 내가 알던 그것과는 사뭇 달랐다. 아래쪽 어금니
양끝으로, 하늘을 보고 있어야 할 두 치아가 90도로 아주
뻔뻔하게 누워 있었다. 언제 갑자기 저렇게 자란 것인지,
게다가 내 치아 중에 크기도 제일 큰 듯했다. 그다음 보여준
내 치아 사진은 더욱 가관이었다. 충치가 난 어금니 옆으로
아주 조그만 사랑니가 자리 잡고 있었다. 어찌나 작던지,
나 혼자서는 절대로 발견하지 못할 크기였다. 이 작은
사랑니가 충치의 원흉이었던 것이다.

　　사랑니의 만행은 거기서 끝나지 않았다. 엑스레이
사진에서 선명하게 보이는 내 턱 신경의 끝자락에
사랑니가 제대로 걸려 있었다. 이렇게 고통스러운데, 이
사랑니는 턱 신경을 건드리고 있어서 빼지도 못 한단다.

**"좀 신경 쓰이겠지만 ^잘 같이 지내는 수밖에 없어요. 이건 못
빼는 사랑니에요. 못 빼는."**

결국 내 첫 치과 치료는 고약한 사랑니를 남겨둔 채 어금니의 경미한 충치만 제거하는 것으로 끝났다. 사랑니 주변으로 퉁퉁 부은 잇몸을 건드려 몇 배로 고통스러웠던 치료인데, 사랑니가 그렇게 자리 잡고 있는 한 언제든지 재발할 수 있다고 한다. 일시적으로 잠잠해진 왼쪽 턱의 통증보다, 언젠가 다시 찾아올 수 있다는 사랑니발齒 통증이 마음에 턱 걸렸다.

내 첫 충치, 첫 사랑니의 경험이 더욱 시린 것은 '아직 끝나지 않았다'는 생각 때문일 것이다. 차라리 시원하게 뽑을 수 있다면 좋을 텐데. 물론 직접 그 고통을 겪어보지 않은 '무시무시한 사랑니 발치 후기'가 먼 이야기 같기는 하다. 하지만 그래도 며칠 아파하고 나면 두 번 다시 사랑니 때문에 고생할 필요는 없을 텐데 말이다. 평소의 나라면 뒤도 돌아보지 않고 휙 뽑아버렸을 것이다. 그런데 뽑지도 못하는 사랑니라니. 애매하게 일시적으로 멎은 통증이 또 언제 찾아올까 두렵기만 하다.

나는 대체로 불편하게 하는 것들부터 극단적으로

잘라내곤 했다. 당장 불편하지 않더라도, 내가 괜스레 신경
쓰고 있다는 생각이 드는 것들은 과감하게 정리해버렸다.
사랑니로 비유하자면, 통증이 느껴지는 순간 뽑아버리는
것과 비슷하다.

　　방을 자주 정리하지는 않지만, 한번 마음먹으면
정말 '극단적으로' 정리한다. 몇 년 전에 받았던 생일축하
카드부터 큼지막한 가구까지 마음이 가지 않는 것들은
과감히 버렸다.

　　사람과의 관계도 그렇다. 대학생 시절 내리 밝게
인사하고 지내던 동기 모임도, 어느 날 문득 '나와 맞지
않는 사람들'이라는 생각이 들기 시작할 때가 있다.
열심히 응원한 친구에게 내 진심을 전하지 못해 상처받을
때도 있다. 그 관계들이 '충치처럼' 서서히 아파올 때면,
그 관계 자체를 확 뽑아버리고 싶은 충동이 든다. 물론
업체와 계약을 종료하거나 방을 정리할 때처럼 티 나게
무언가를 하지는 않았지만, 마치 오래 앓던 이를 뽑듯이
그 관계를 종료하곤 했다. 그러면 발치한 것마냥 허전하고
얼얼하지만, 통증은 차차 잦아들고 나의 일상은 다시

평화로워졌다.

　　그러나 이것도 과거의 이야기가 되어버렸다. 한 해 두 해 나이 먹으면서 나를 에워싸고 있는 많은 것들이 더 이상 쉽게 끊어낼 수 없는 것들이 되어버렸다. 일이 마음에 들지 않는다고 해서 바로 그만둘 수도 없고, 저 사람이 맘에 안 든다고 해서 바로 연락을 끊을 수도 없다.

　　회사를 나오더라도 맘에 들지 않았던 상사와 연락을 끊을 수 없다는 것은, 그와의 관계가 또 다른 어떤 관계로 이어질지 모르기 때문이다. 이른바 이해관계 때문이다. 일에 관련된 관계만이 그런 것은 아니다. 아예 다른 일을 하고 지내는 동기들도 웃으며 반갑게 맞이한다. 예전에는 이해관계에 따라 관계를 맺고 유지하는 것에 대해 '순수하지 않다'거나 '얍삽하다'라고 생각했다. 그런데 이제는 그것이 조금 더 융통성 있게 살아가는 법임을 느끼게 되었다.

　　젖니 시절의 내가 불편한 것들을 뽑아내고 끊어내면서 그 고통에서 벗어났다면, 영구치 시절의 나는 '뽑아내는 법' 대신 '같이 살아가는 법'을 익히며 살아간다.

뽑지 못하는 사랑니처럼, 나를 둘러싼 많은 것들은
쉽게 도려내지 못한다. 끊어내고 잘라내는 법 대신,
같이 살아가는 법을 익힌다.

그러니까 아프고 신경 쓰이면 빨리 뽑아버리고, 빨리 회복하고, 빨리 일어나야 하는데, 내 고약한 사랑니는 내 불 같은 성격을 뻔뻔하게 약 올린다. 턱 신경 가운데 떡하니 자리 잡고선 '같이 살아가는 법'을 익히란다. 일도 관계도 이제는 더 이상 뽑아내지 못하고 안고 가야 하는데, 사랑니까지 그래야 한다니. 윽!

이 고약한 사랑니와 살아가는 일상의 어느 하루는 눈물이 날 만큼 찔끔 통증이 거세다. 그런데 진통제를 먹고 또 하루이틀 지나면, 마치 없었던 것처럼 그 존재를 잊고 살아가게 된다.

결국 의사 선생님 말처럼, '관리를 잘 해주고 잘 신경 써주는 법'을 익혀가는 것이다. 사랑니의 통증이 점차 잊히듯이, 나를 불편하게 하는 관계들과 일도 뽑아내지 않되 차츰 잊는 법을 연습한다. 아, 물론, 치과 치료는 여전히 싫다!

하고 싶은 것
다 하고 사는
낭만주의자인 줄
말았는데,

그 와중에
성공하고 싶고
더 큰돈을 벌고 싶은
사업가(?)적인
성향도 다분했다.

저 꽃을 팔자.
잘 팔릴 것 같아.

퇴사 후의 일상은
낭만적인 나와 현실적인 내가
옥신각신하는 나날이었고,

분정을 더 내!   지금 정도면
벌 수 있을 때   충분하잖아~.
더 벌라고!   취미를 만들어보자~.

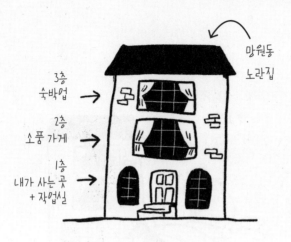

3층
숙박업 →

2층
소품 가게 →

1층
내가 사는 곳
+ 작업실 →

망원동
노란집

언뜻 보면 낭만적인 나와 현실적인 내가
타협안을 찾은 것처럼 보였지만

하고 싶은 것을 다 하면서도
현실적인 것은 무시할 수 없는 나의 고민이
온전히 드러난 공간이었다.

그래도 시간이 지날수록
꿈과 현실 사이의 균형이
조금씩 맞춰지고 있었다.

하지만 머지않아 코로나가 왔다.
외국인을 대상으로 하는지라
타격을 피할 수가 없었다.

물론, 타격을 입은 건
나뿐만이 아니었다.

그렇지만 마냥 주저앉아 있을 수는 없었다

정리할 것들은 정리하고, 돌파구를 찾아갔다

그리고 때로는 그 돌파구가 이전보다 더 나은 것일 때도 있었다.

망원동 노란집은
나의 역사(?) 속으로 사라졌지만

꿈과 현실 사이의 균형 잡기는 계속된다.

둘 사이의 어느 지점에서
새로운 무언가가
꽃피길 기다리며 말이다.

3
—

길을 잃어야만
닿을 수 있는 삶

망원동 노란집 이야기 —1

맘리단길 끝자락, 노란 벽돌 3층집.

사실 황토색에 가까운 이 집을, 나는 어떻게든 '예쁘게'
이름 붙여주고 싶었나 보다. 즐거웠던 날보다 힘든 날이 더
많았던 이곳을 나는 '망원동 노란집'이라고 불렀다. 무언가
애매한 구조를 재정비해 '단체를 위한 독채 숙소'라는
콘셉트를 만들었다.

　　퇴사하고 독립한 지 6개월이 조금 넘은 시기였다.
그때까지만 해도 나는 승승장구했다. 어쩌면 운이

좋았다는 표현이 맞을지도 모르겠다. 경험 적은 프리랜서에게도 일은 끊임없이 들어왔고, 부업으로 게스트하우스를 야심차게 시작했다. 그러니까 망원동 노란집은 2019년 말부터 2020년 중순까지, 고작 반년 조금 넘게 운영했던 첫 번째 공간이었다.

망원동 노란집은 서울에서는 꽤나 큰 독채 숙소였다. 복층으로 이어진 2, 3층에서는 20명이 넘는 단체손님을 받기도 했고, 해외에서 온 삼대로 구성된 대가족을 맞이하기도 했다. 1층에는 몽골인 아르바이트생 '노밍'이 지냈다.

얼마 전까지만 해도 '숙박업'은 내 삶에 꽤나 큰 부분을 차지했다. 한때 집의 여유 공간을 빌려주고 수익을 창출하는 에어비앤비airbnb 등이 부업 수단으로 큰 인기를 끌었다. 나도 그 유행에 동참했었는데, 회사를 다니던 시절 전세대출금으로 집을 구한 후 나름의 디자이너 실력을 발휘하여 예쁘게 꾸민 후 남는 공간을 에어비앤비에 내놓았다. 꽤나 차별화된 공간으로 입소문도 나고, 단

하루의 공백도 없이 너무나 쉽게 수익을 낼 수 있었다.
퇴사 후에도 이전의 월급보다 더 많은 수익을 내는 날들을
보냈다.

생각보다 쉽게 돈을 버는 안정적인 날들이 이어졌다.
무엇보다 내가 일하지 않아도 '숙소'가 알아서 돈을 벌어다
주는 시스템은 너무나 달콤했다. 나는 더, 더, 더 욕심을
냈고, 어느 순간 내가 운영하는 숙소가 네 곳으로 확장되어
있었다.

'더 큰 숙소'를 마련하면 '더 큰 수입'을 얻을 수 있지
않을까 하는 계산, 게다가 제대로 구색을 갖춘 멋진 공간을
갖고 싶은 바람까지 더해졌다. 그런 와중에 망리단길
끝자락의 망원동 노란집을 발견한 것이다.

사람들이 많이 다니는 곳에서 조금 떨어진 외진 곳,
수익을 극대화하기엔 애매한 구조, 350만 원이라는 만만치
않은 월세(기존에 내고 있던 월세까지 더하면 무려 700만 원),
어딘가 석연찮은 집주인⋯⋯. 머릿속에는 계약을 꺼리게
하는 무수한 이유들을 셈하고 있었지만, 마음속에선
어느새 지장까지 꾹 찍어놓은 상태였다. 공간을 발견하고

덜컥 계약하는 데는 채 일주일이 걸리지 않았다.

나를 압박한 건 '350'이라는 숫자보다 '잘해야 한다'는
마음이었다. 어느 누구도 나에게 당장의 결실을 요구하지
않았지만, 나는 무언가를 계속 증명해내야만 할 것 같았다.
퇴사 후 어엿한 사업가로 성공하는 모습을 여기저기
드러내고 싶었을 것이다. 조금 외곽이어도 서울에서 가장
핫한 동네의 단독주택은 왠지 모르게 나를 충분히 잘
'쇼잉'showing할 것 같았다.

망원동 노란집은
나의 결실을 증빙해주는 수단이 되어야 했다.

그런데 정말 만만치 않았다. 관리해야 할 공간이 두
배 이상이 되면서 정말 많은 문제가 생겼는데, 무엇보다
청소가 그랬다. 연말 시즌에는 '노밍' 한 명으로는 벅차서
나까지 팔을 걷어붙이고 달려들었다. 막힌 변기를 손으로
휘젓고 있을 때면 '내가 무얼 위해 이러고 있나' 하는
회의도 들었다. 적기에 임시 청소 도우미를 고용하는 것도

원활하지 않았고, 예전만큼 관리가 되지 않으니 손님들의
컴플레인도 수차례 받았다.

'잔잔한 피아노 연주가 배경으로 흐르는 조용한
공간에서 점잖게 커피를 내리고 있는 사장님.' 상상했던
그림은 온데간데없이 사라지고, 헐레벌떡 여기저기
뛰어다니며 전전긍긍하는 딱한 모습의 내가 되어 있었다.

손님들도 상상했던 것과 달랐다. 이전에 운영했던
숙소들은 규모가 작았어도, 내가 꾸며놓은 스타일을
염두에 두고 찾아온 이들이 대부분이었다. 망원동
노란집은 단체손님이 많았고, 그들은 이곳만의 고유한
스타일이 아니라 '크고 가성비 좋은 조건'이 우선
고려사항이었다. 새벽까지 이어지는 음주 파티에 이웃과
마찰을 빚기도 하고 경찰서에 민원이 들어가기도 했다.

그럼에도 불구하고 나는 망원동 노란집과 끈끈한
애정을 쌓아갔다. 사랑과 증오가 종이 한 장 차이라는
말이 있지 않나. 조금씩 운영 노하우가 생기고, 방문객들의
피드백이 하나둘 쌓여갔다. 내 삶의 패턴도 차츰
회복되었다. 나는 이 공간을 더욱 잘 만들기 위해 거듭거듭

고민했다. 망원동 노란집의 시작은 나를 증명하기 위한 것이었지만, 점차 그것을 넘어서기 시작했다. 이 공간이 앞으로 나아가야 할 방향이 보이기 시작했다.

그리고 ...... 코로나가 왔다.

석 달치 예약이 꽉 차 있었다. 이 공간을 좀 더 홍보하고 다져나가기 위해 일정 기간 예약을 받지 않고 동료 디자이너들과 함께 플리마켓을 열 계획까지 하고 있었다. 코로나 팬데믹이 전 세계를 강타하였고, 국가 간 이동이 제한되었고, 수수료 없이 예약을 취소해주라는 정부 지침이 내려왔다. 온갖 질문에도 묵묵부답인 예약 플랫폼들과 무수한 메시지가 쌓여가는 숙박업자 단톡방이 그 순간의 당혹스러움을 대변하는 듯했다. 2020년 2월의 어느 날이었다.

하루아침에 무럭무럭 자라고 있던 '숙박업계의 유망주' 망원동 노란집 사장에서, 매달 수백씩 지불하고 적자만 쌓여가는 '겁대가리 없는' 사람이 되어버렸다. 망원동

노란집이라는 꿈이 와르르 무너지고 있었다. 쓰리고
억울했다.

...... 망원동 노란집을 휴업하기로 결정했다.

길 잃은 나침반

모두가 혼돈이었던 그해 봄, 잠시 길을 잃었다.

퇴사 후 승승장구하던 그 기세는 오래가지 않았다.
아니, 어이없게 기세가 급격히 꺾였다는 표현이 맞겠다.
전 세계를 셧다운시켰던 팬데믹 여파는 나에게도 거세게
들이닥쳤다. 외국인을 대상으로 운영하던 망원동 노란집의
매출이 뚝 끊겨버렸다. 엎친 데 덮친 격으로 무리해서
계약했던 건물에 심각한 하자가 있었다. 급하게 양도도
해봤는데 양수인이 돌연 양도를 포기하겠다고 하는 바람에

그 계약금을 가지고도 건물주와 심하게 싸웠다. 앞만 보고 내달리던 나의 나침반이 방향을 잃기 시작한 것이다. 뚝심 있게 한 방향을 가리키던 나침반 바늘은 미친듯이 요동쳤다.

그래서 내가 제일 먼저 한 것은 다시 일거리를 구하는 것이었다. '사업하다 보면 적자도 난다'는 말은 남 일이라 쉽게 할 수 있는 말이다. 내가 통제할 수 없는 상황들이 무서웠다. 무언가를 끊임없이 시도해도 달라지지 않는 상황이 연속되자 불안은 점차 두려움으로 변해갔다. 불안감은 무언가에 열중할 때 애써 외면할 수 있었다. 가만히 앉아 불안이 머리끝까지 차오르는 것을 기다릴 바에야 뛰쳐나가 허우적거리는 것이 낫다고 판단했다. 그렇게 나는 필사적으로 코로나 이후의 몇 달을 빡빡한 일정으로 가득 채웠다. 아침 7시부터 오후 4시까지는 인테리어 공사 감리를 보았고, 오후 4시부터 밤 11시까지는 디자인과 설계 일을 했다. 그렇게 세 달을 보냈다. 하지만 달리면 달릴수록, 일에 몰두하면 몰두할수록 내가 그려왔던 삶에서 점차 멀어지고 있었다. 매일같이 책상

앞에 앉아 머리를 쥐어짜며 쓰던 글들은 세 달 전에 멈춰
있었다.

친구들은 종종 안부를 물어왔다. 나는 녹음된 카세트
틀어놓듯 같은 말을 반복했다.

"바쁘게 지내는 것 같기는 한데, 내가 뭘 하고 있는지는
모르겠어."

그리고 대화가 조금 차분해질 즈음 마음속 깊은 곳에
있는 생각을 꺼냈다.

"…… 사실 길을 잃은 기분이야."

덮어놓고 쳐다보지 않았던 미완의 글들처럼, 지난
세 달은 나에게 쉽게 정의할 수 없는 혼돈과 막막함의
시기였다.

계획했던 일들을 계속 하려면 몸도 마음도 여유가
제일 필요하다는 것은 너무나 명확히 알고 있었다. 하지만

무엇부터 다시 시작해야 할지 감이 잡히지 않았다. 어떻게 해야 일상으로 돌아갈 수 있을지 막막할 뿐이었다. 그렇게 흘러가는 시간 속에서 목표했던 꿈들은 점차 희미해지고, 해답을 내리기 어려운 질문들만 머릿속에 맴돌았다.

나는 부지런히 움직이지만 방향은 잡지 못하는 …… 고장 난 나침반이었다.

바삐 움직이는 것이 정답이 아니라는 것을 깨닫는 데는 꽤나 긴 시간이 필요했다. 계절이 바뀌었다. 잠시 모든 것을 멈추고 마음의 숙제부터 먼저 풀어야 했다. 꿈꿔왔던 것과 지금 할 수 있는 것 사이에서 내 마음이 납득할 수 있는 우선순위를 정하는 것이 가장 중요했다.

바쁘지만 나름 재미를 찾고 있는 인테리어 일. 몇 년 동안 간절히 바라 왔고 거의 성공 직전까지 이르렀던 나의 망원동 노란집과 소품 가게. 어린 시절부터 동경해 왔던 작가로서의 삶. 그리고 새로운 일을 하면서 새롭게 만나게 된 기회와 사람들…….

우선순위는 두세 가지 키워드로 좁혀졌다. 정신없이

요동치던 나침반은 여전히 빙글빙글 헤매고 있었지만 자침의 향방에는 나름의 근거들이 있었다.《길을 잃어야 진짜 여행이다》라는 최영미 시인의 산문집 제목처럼, 길을 잃어야만 닿을 수 있는 삶이 있을 것이다. 지금 난 잠시 길을 잃었지만, 곧 더 나은 길을 찾을 것이다. 꿈꿔왔던 것들에서 멀어진 것이라 꿈꾸던 것들을 더 단단히 펼칠 수 있도록 준비할 것이다. 나는 더 넓은 세상을 온전히 받아들이기 위해 새로운 것들을 업데이트하기로 했다.

내 나침반은 지금도 뱅글뱅글 돌아가고 있다. 그러나 멈춰 있는 것은 아니다. 내 나침반이 정신을 못 차릴 만큼 거센 폭풍을 통과하며 잠시 헤매고 있을 뿐이다.

앞으로도 나는 종종 고장 난 나침반처럼 고생할 것이다. 또 다른 '전 세계적인 바이러스'에 직격탄을 맞을 수도 있다. 길 잃은 나침반의 기분은 어지럽고도 오묘하다. 불안함과 두려움으로 헛구역질이 날 때도 있고, 현실감 전혀 없는 망상들에 붕붕 떠다니기도 한다.

어차피 앞으로도 종종 나침반이 고장 나는 순간을

맞이해야 한다면 다음에는 조금 더 근사하게 마주하고 싶다. 길을 잃었다고 생각한 순간, 내 시선 저 끝에서 멋진 풍광이 펼쳐질 때가 있다. 잠시 방향을 흔들리는 순간, 더 커다란 세계와 조우할 수도 있다. 나는 기꺼이 그 설렘을 맞이하겠다.

오늘도 나는 바삐 움직였다. 낮에는 인테리어 공사 감리를 갔다가 오후에는 책방 모임에 참석하고, 저녁 늦게까지 글을 썼다. 여전히 뱅글뱅글 정신없이 헤매고 있지만, 당장은 그 분주함을 차라리 즐겨야겠다. 길 잃은 나침반의 기분으로 말이다.

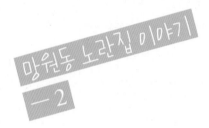

망원동 노란집 이야기
—2

코로나는 잠잠해질 기세가 보이지 않는다. 재정 적자를
만회하기 위해 외국 손님들 대신 장기 하숙생을 망원동
노란집에 들이고, 나는 정말 다양한 곳에서 정말 많은
일들을 닥치는 대로 해냈다. 그러면서도 '망원동 노란집을
언제까지 운영할 수 있을까'라는 근본적인 고민을 하고
있었다. 망원동 노란집을 시작할 즈음의 '뜨겁고 열정적인
가슴'보다는, 팬데믹 이후에는 '차갑고 냉정한 머리'가
필요했다. 언제까지고 기다려서 상황이 나아지기를
기다려야 할지, 아니면 하루속히 공간을 정리하고 다른

곳에 에너지를 쏟아야 할지 결정해야 했다.

고민은 몇 달간 계속되었다. 이 공간을 만들면서 다져놓은 애정(애증?) 때문이었다. 하루는 빨리 처분하고 싶다가도, 다음 날은 이 공간을 이렇게 저렇게 운영하면 나아질 것 같았다. '애'와 '증'의 줄다리기 끝에 망원동 노란집을 정리하기로 했다. 마음을 정하고 얼마 되지 않아 좋은 분께 양도하였다. 1년도 채 안 되는 열애 끝에 망원동 노란집을 떠나야 했다.

마지막 순간까지 고민이 많았던 만큼, 떠나는 날이 유쾌하지 않을 것은 진즉에 알고 있었다. 망원동 노란집의 책장을 빼곡히 채웠던 나의 작은 소품들을 하나씩 상자에 넣고, 이곳저곳에 붙여놓은 것들을 정리하는데 왈칵 눈물이 났다. 열쇠를 넘겨주고 그곳을 나설 때는 꺼이꺼이 울었다.

한참을 울고 조금 진정될 즈음, 동행해주었던 가족들과 '손'이 내 눈물의 의미를 궁금해했다. 극심한 피해가 언제까지 이어질지 모를 코로나 상황을 비교적 빨리 빠져나왔다는 것. 그들은 아마도 내가 그렇게 생각해주기를 바랐을 것이다.

　내 눈물의 의미는 복합적이었다. 그토록 속 썩이던
망원동 노란집이었지만 온 마음을 다 바쳐 마련한
공간이었다. 그 마음들이, 그 시간들이 사라져버린다는 것.
채 꽃 피우기도 전에 접어버린다는 것. 더 이상의 무언가를
시도해보지 못한 아쉬움도 있지만, 동시에 무언가를
시도하기엔 너무 두려웠다는 것. 이 모든 마음이 뒤섞인
울음이었다.

> 시간은 아랑곳없이 흐른다.
> 이제 망원동 노란집에 대해 울음 없이 이야기할 수 있게
> 되었다.

　반응은 크게 두 가지였다. 한 친한 동생은 "그래요.
언니가 망원동 노란집을 오픈한다고 했을 때, 꿈을 너무
빨리 이뤘다고 생각했어요"라고 했다. 한 선배는 "그래,
살면서 실패도 시련도 겪는 거지"라고 했다. 나의 망원동
노란집은 어느 지점에선 '꿈을 이룬 이야기'로, 어느

지점에선 '실패한 이야기'로 읽히고 있었다.

내 생각은 조금 다르다. 나의 '망원동 노란집 이야기'는 그 자체로 성공이나 실패의 서사가 아니다. 망원동 노란집은 꿈의 종착지라기보다는, 꿈이라는 종착지에 이르는 과정에 놓여 있는 그 무언가였다. 실패의 서사라고도 생각하지 않는다. 길거리에 나앉을 만큼 망하지도 않았고, 언젠가 새롭게 마련할 나의 공간에는 무엇이 더 필요한지 알게 한 소중한 경험이 되었으니까.

그러니까 망원동 노란집 이야기는 하나의 '오답노트'에 더 가깝다. 공간을 계약한 순간부터 마지막 정리하는 순간까지 그랬다. 남에게 보여주기 위한 것이 아닌, 오직 나로부터 시작할 것. 내 생활 패턴이 감내할 수 있는 운영 방식을 도입할 것. 정리하는 그 순간까지도 내가 가장 열망하는 것이 무엇인지 잊지 말 것. 이런 것들이 빼곡히 적혀 있는 오답노트 말이다.

그리고 지금 여기에서 나는 두 번째, 세 번째 공간을 만들고 있다. 하루는 글을 쓰며 작가라는 무형無形의 공간을

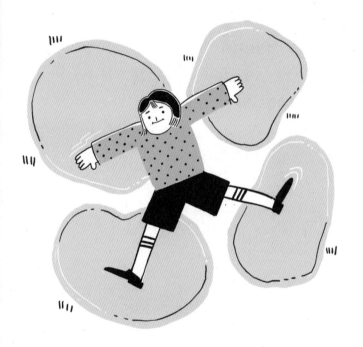

짓고, 다른 하루는 서소문 5평 작업실에서 나의 취향을
가득 담은 소품 가게를 꾸리고 있다. 이전처럼 서두르거나
조급해하지는 않지만, 망원동 노란집에 쏟아내던 그만큼의
애정은 담아내고 있다.

> 그러니 걱정하지 마시라. 내 공간의 크기가 100평에서
> 5평으로 줄어들었더라도, 내 마음만큼은 두 배 세 배
> 단단해졌으니까.

생각의 씨앗

어렸을 적 포도가 그렇게 싫었다. 아니, 싫었다기보다는
포도 먹을 때마다 듣는 엄마의 잔소리가 싫었다는 것에
가깝다.

"씨까지 삼켜버리면 배에서 포도나무 자란다."

포도를 먹고 난 밤이면 배 속에서 포도나무가 자랄까
무서워 잠에 못 들곤 했다. 특히 소화가 잘 안 되는 날이면,
포도나무 넝쿨이 장기들을 헤집고 무럭무럭 자라고 있는

것은 아닌가 싶었다. 꾸르륵하는 배 속 소리는 그 증거라고 단정 짓곤 했다.

엄마는 언제나 직접 시범을 보여주었다. 손을 입 가까이로 가져가면 이내 쏙 하고 포도 껍질과 함께 작은 씨앗들이 뱉어졌다. 그래서 나도 씨앗을 잘 뱉어냈냐고? 아니, 나는 지금까지 포도 씨앗을 뱉을 줄 모른다. 배 속에서 포도나무가 자라지 않는다는 것을 안 이후에도 그랬고, 이제는 그냥 와그작와그작 꿀꺽 삼켜버린다.

얼마 전 엄마의 잔소리와 비슷한 이야기를 들었다. 이번에는 학교 선배였다. 포도에 관한 것은 아니었고, 새로운 작업실을 계약할지 말지에 대해 이야기하는 중이었다. 망원동 노란집을 정리하고 채 세 달이 안 된 시점이었다. 그 와중에 나는 작업실을 계약할까 말까 고민하고 있는 것이다. 그렇게 이를 갈고 나와 놓고선 또다시 건물주에게 월세를 조공하는 나날을 반복하겠다고 결심하다니! 나는 이미 월세 폭격에 너덜너덜해진 상태였고 작업실을 굴릴 여유 자본도 불안정했다. 그래

놓고는 이 사람 저 사람 찾아다니며 내 말도 안 되는 생각을
꺾어주길 바랐다. 그런데 이 선배는 내 기대와 조금 다른
이야기를 불쑥 꺼냈다.

> "어차피 이미 생각이 심어져버렸어.
> 생각은 씨앗과도 같거든.
> 이제 돌이킬 수 없어.
> 무럭무럭 자라기만 할 거야."

선배가 전한 말의 요는 이랬다. 갈망하는 무언가가
있다면 돌고 돌아 언젠가는 그것을 하게 된다고.
현실적으로 아무리 계산하고 주변에서 수백 번 만류해도,
'결국 내 뜻대로 안 하면 몸이 근질근질할 것이다'라는 것.
그러니까 망원동 노란집 시절 얼마나 시달렸는지는 중요치
않고, 계산기를 두드려 현실적인 답을 내어도 보이지
않을 것이고, 그저 내가 지금 이 작업실 공간에 꽂힌 이상,
당장은 아니더라도 언젠가는 그곳 비슷한 곳을 계약할
거라는 것.

나의 말도 허무맹랑한 의지를 꺾어주기 바라며 찾아간
선배의 조언에 홀딱 반해버렸다.

아, 이미 씨앗이 심어져버렸구나. 별수 없구나.

그날도 쉽사리 잠들지 못했다. 이번에는 온통 '무엇을
할까' 하고 설레며 고민하는 탓이었다. 꾸르륵꾸르륵
마음이 요동치는 소리만큼 생각의 씨앗이 무럭무럭 자라고
있는 것을 느낄 수 있었다.

그리고 나는 두 번째 공간을 계약하고 말았다. 새로
계약한 공간은 시청역 10번 출구에서 코 닿을 거리에
자리 잡았다. 5평밖에 안 되는 작은 사이즈이지만
서울 한복판이라는 점을 감안하면 터무니없이 저렴한
월세였다. 두 벽면이 통창이라 날이 좋을 때면 사방에서
따스한 햇볕이 드는 것도 좋았다. 계약을 마무리하고
처음 공간에 발 디디는 순간의 설렘을 잊지 못한다. 이내
설렘은 막막함으로 바뀌었다. 마음이 이끄는 대로 덜컥
계약했지만, 마땅한 계획이 있었던 것은 아닌 까닭이다.

감당할 만한 월세라는 조건에 작업실과 쇼룸 정도로
활용하면 되겠다는 막연한 생각 정도만 있었다. 꾸르륵. 배
속 씨앗에 무언가 탈이 난 듯하다.

조금 어이없는 이야기지만 계약하고 나서야 내부에
수전이 없다는 것을 알았다. 공용화장실이 있긴 하지만,
작업실에서 차 한 잔 내리기도 힘들었다. 나만의 공간에서
따뜻하게 우려낸 뱅쇼로 손님을 맞이하고 싶었는데……
그저 망상일 뿐이었다.

대개는 진즉에 뱅쇼를 포기할 법도 한데, 어느
순간 '수도공사'라는 단어를 쉴 새 없이 검색하고 있고
있었다. 공용화장실로부터 물을 끌어와야 하는데,
오래된 건물인데다가 다른 호실에서 이미 물을 끌어오고
있어서 수도공사가 여간 까다로운 것이 아니었다. 업체
세 군데로부터 안 된다고 퇴짜를 맞은 후에야 한 업체를
찾았다.

"180만 원이요."

"네?"

"이것도 저렴하게 책정한 거예요."

180만 원이라니. 머릿속 계산기가 빠르게 두드려졌다. '그것'만 공사하는 거라면 했을지도 모르겠다. 그런데 덜컥 계약을 해놓고 나니 손봐야 할 곳이 한두 군데가 아니었으니, 180이라는 숫자는 너무 크게 와닿았다. 견적 차 몇 번이고 왕래했던 업체 사장님께는 죄송하지만 수도공사는 포기할 수밖에 없었다.

그렇다고 뱅쇼를 포기할 수는 없었다! 빌어먹을 생각의 씨앗이 또 심어져버린 것이다! 작업실에서 뱅쇼를 꼭 서빙해야겠는걸!

수도가 없으면 계약 기간 내내 뱅쇼가 생각날 것만 같았다. 그래서 어떻게 했냐고? 캠핑카에서 쓰는 전동수도펌프를 구비했다. 해외에서 판매하는 특수한 사이즈의 호스를 연결하고…… 이윽고 우여곡절 끝에 간이 수전을 만들어냈다.

우여곡절의 과정은 대략 이러하다. 전기로 물을

끌어올리는 방식이기 때문에 전선을 연결해야 했는데 작업 도중 팍 하고 전기가 나가버렸다. 차단기에는 문제가 없었다. 무언가 심각한 문제가 발생한 게 아닐까. 뱅쇼 먹겠다고 공사비가 몇 백 깨지는 건 아닐까. 일요일 저녁이라 관리인은 월요일까지 기다리라고 말했지만 내 불안은 쉽사리 잠재워지지 않았다. 결국 평소보다 두 배는 비싼 전문가를 호출했고, 다섯 시간 가까이 원인을 찾은 끝에 '법적으로 금지하기까지 한' 건물 두꺼비집을 찾을 수 있었다. 알고 보니 퓨즈를 교체하니 쉽게 해결되는 문제였다. 이날 저녁 내내 계약한 것을 얼마나 후회했는지 모르겠다. 꾸르륵꾸르륵 배 속 생각 씨앗이 얼마나 요동쳤는지 이루 말할 수가 없다.

통창 이야기도 빠뜨릴 수 없다. 분명 계약할 때는 햇살이 따스하게 드는 통창이 너무 좋았는데, 그로 인해 단열이 전혀 되지 않아 한파가 오니 모든 것을 꽁꽁 얼려버렸다. 처음엔 히터를 하나 샀다. 안 되겠다 싶어서 하나 더 샀다. 급기야 오들오들 떨며 작업하다가 도저히 안 되겠어서 택시를 타고 인근 시장으로 갔다. 거금을 주고

중고 등유 히터기를 샀다. 작업실에 등유 냄새가 가득
찼지만 대안이 없었다. 이 정도는 되어야 겨울을 버틸 수
있을 것 같았다.

　'건물주가 작업실에 무슨 일을 한 건가' 하는 의심이 들
정도로 창문이 더러웠다. 계약을 하고 나니 비로소 보였다.
30년 된 건물의 나이만큼 먼지가 두텁게 낀 창문은, 내가
아무리 작업실을 정리해도 모양새가 나오지 않는 것에
한몫했다. 창문 닦는 비용도 알아봤는데 정말 터무니없이
비쌌다. 역에서 코 닿을 거리에 있는 것이 장점이었지만,
그래서 사다리차를 세워놓고 작업하기가 쉽지 않았기
때문이다. 청소 업체를 수소문하다가 저렴한 곳을 찾았다.
그런데 그마저도 바로 작업하지 못했는데, 그 업체가
부산에 출장가서 올라올 생각을 하지 않아서다.

"사장님, 이번 주는 오세요?"

"아휴, 부산 일이 아직도 안 끝나서. 다음 주에 갈게요!"

(다음 주)

"사장님 이번 주는 오세요?"

"아휴, 아직도 안 끝났어요. 다음 주에 갈게요!"

(다음 주)

"사장님, 이번 주는 오세요!?"

(......반복......)

결국 그 업체와 계약하고 세 달이 지난 후에야 창문을 닦았다. 그리고 네 달째 되어서야 작업실을 오픈할 수 있었다. 공간을 계약한 속도에 비하면 꽤나 늦은 오픈이었다. 그 시간 동안 얼마나 많이 후회하고 고민했는지 모르겠다. 그럴 때마다 쓰라린 배를 움켜쥐고 이 공간의 쓰임새를 상상해보곤 했다.

한편에 가지런히 진열해놓을 나의 빈티지 애장품들, 덕지덕지 벽에 붙여놓은 나의 작업물들. 미팅을 하거나 친구들을 맞이할 작은 테이블. 아, 그리고 내가 만든 간식들도 판매해보면 어떨까?

온갖 걱정에 바르르 떨다가도 하나하나 앞으로의 모습을 상상해보며 불안을 설렘으로 바꿔나갔다. 불안과 설렘의 비율이 7:3에서 6:4로, 6:4에서 5:5로, 이윽고 3:7로

역전하기까지 기다리며, 내 생각 씨앗이 무럭무럭 자라는 것을 지켜보았다.

이 상상들은 데자뷰처럼 선명했다. 곱씹어보면 망원동 노란집을 준비할 때도, 회사를 다닐 때도, 심지어 학교를 다닐 때도 수백 번 해본 상상이었다. 10년 넘는 세월을 지나 나는 그 상상을 이윽고 실현하고 있었다. 비록 사서 고생할지언정 오래전 심어놓은 씨앗을 꾸준히 키워나가는 중이다.

이 작은 공간은 그저 몇 달 전 망원동 노란집의 아쉬움을 보전하기 위한 것도 아니었다. 성질 급해서 자꾸 탈이 나기도 하지만 이 작은 씨앗은 아주 오래전에 심어놓은 꿈과 수없이 스쳐간 로망이 합쳐져 이제는 아주 조금씩 열매도 맺는 그런 것이었다.

가급적 매일매일 이 공간에 출근한다. 하루는 그림을 그리고, 하루는 글을 쓰고, 하루는 손님을 맞이한다. 10년 넘게 내 생각의 씨앗을 정성스레 돌본다. 싹을 틔우는

데에만 이토록 오래 걸린 만큼, 특별하고 소중한 무언가로
자라나길 바란다. 희망을 품은 나의 하루는 정신없이
흐른다.

바쁜 와중에도 재미난 상상들이 몽글몽글 피어오른다.
최근에는 이곳에서 펼쳐지는 작은 전시회를 상상한다.
코로나 이전처럼 비행기를 타고 슝 떠나 빈티지 제품을
캐리어 가득 싣고 온 후, 내 글과 그림과 함께 전시하고
싶다. 지금 당장은 상상으로만 가능한 일이지만,
가슴이 몽글몽글한 것이 무언가 이상하다. 생각 씨앗이
심어져버린 듯하다. 마음이 근질근질해서 당해낼 도리가
없다. 머지않아 이 작은 씨앗도 싹을 틔울 수 있지 않을까.
오늘도 엄마와 포도를 먹었을 때처럼 이 작은 씨앗을
곱씹어본다.

잘근, 잘근, 꿀꺽.

나라는 회사,
나라는 사장,
나라는 지원

소크라테스는 말했다. "너 자신을 알라"고.

나는 언제나 내 스스로를 잘 안다고 자부하고 있었다.
내가 아는 나는 자기 주도적이고 '내 일'을 빠릿빠릿하게
해낸다. 그 콧대 높은 자부심에 덜컥 작업실을 계약하고,
또 이 일 저 일 벌이고 있는 것이다. 그런데 웬걸. 작업실에
입주한 지 세 달이 넘어가는데 아직도 누군가를 초대할
만큼 정리하지 못했고, 산더미같이 쌓인 일에 '나인 투
식스'9am to 6pm가 아닌, '식스 투 나인'6 am to 9 pm을 하고 있다.

어디서부터 일을 줄여 나가야 하나 우왕좌왕하던 차에
거래처 사장님이 이 상황을 딱 정리해주셨다.

"명지씨, 이 정도로 일 벌일 만한 깜냥은 아닌 것
같은데……"

얼얼하기까지 한 거래처 사장님의 직언에 내 일상을
돌아보니 틀린 말이 하나 없었다. 내 실상이 드러났다.
나는 '내 일' 하는 데 매우 서툰 사람이었다! 잔뜩 벌인 '내
일' 앞에서 한없이 작아지는 사람이었다! 내가 이렇게 자기
주도적이지 않은 사람이었던가!

사실 '나의 공간, 나의 브랜드'를 잘 꾸려나갈 수 있다고
착각한 것에는 몇 가지 요인들이 있다.
첫째, 난 학창 시절에도 엄한 선생님이나 학원 숙제
없이도 스스로를 달달달 볶아댔고, 둘째, 프리랜서를
시작한 이후에도 일이 밀린 적이 없었고, 셋째, 아무런 보상
없는 글을 꼬박꼬박 연재하듯 쓰고 있고, 마지막으로 누가

시키지도 않은 나만의 작업실을 만들겠노라고 이리저리
뛰다가 이렇게 덜컥 계약까지 했으니 말이다.

　남들이 하나를 시키면 둘을 해냈으니, 이 정도면 내
브랜드 만들 준비는 다 되어 있다고 생각했다. 그런데
문제는, 학생이나 직원일 때 또는 프리랜서로 일할 때,
누군가가 제공해준 가이드라인을 따라서는 어떻게든
하겠는데, '내 공간'에서 '내 일'을 하려고 하니 도무지
무엇부터 해야 할지 모르겠다는 것이다.

　하루는 신나게 소품 가게 준비를 위한 사진 촬영을
했다. 보정까지 후루룩 진행하니 오전이 뚝딱 가더라.
그런데 촬영 타임이 끝나고 나니, '이다음에는 뭐하지?'
하고 멍 때리고 있는 게 아닌가. 멍 안 때리겠다고 무리하게
계획을 세운 날은 일에 치여 헉헉거리다 만사 미루기
일쑤다.

　명백한 목표 없이 '뭐부터 해야 할지 모르는' 상태가
되어버리니, 마냥 버벅거리기만 할 뿐 무엇 하나 제대로
실행하고 있는 것이 없었다. 큰 계획 아래 세부 계획을
세우지 않으니, 자꾸 '다음엔 뭐하지' '다음엔 어떻게 하지'

하고 머뭇거렸다. 세부 계획 없이 거대 계획만 세우니, 결국 감당 못할 스케줄에 허덕이게 된다. 이 상황을 한 문장으로 요약하면,

> 계획하는 나와 실행하는 내가 같이 일하지 못하고
> 따로따로 일하고 있는 것이다.

　사장 역할을 해야 하는 '나'는 직원이 감당 못할 계획만 짜고, 직원 역할을 해야 하는 '나'는 몸으로만 바지런히 움직이되 업무 지시가 없으면 멈춰버린다. '나'라는 사장과 '나'라는 직원의 조합이 만들어내는 '나'라는 회사는 그야말로 오합지졸이었다. 나는 그만큼 사장인 나에게도, 직원인 나에게도 지나치게 관대했던 것이다.

　특히 '내 일'을 할 때에는 '사장인 나'와 '직원인 나'를 명확하게 구분해야 한다는 것, 그 둘이 제대로 협업할 수 있도록 해야 한다는 것을 배웠다.

　'사장인 나'는 멀리 내다보는 큰 계획과 '직원인 내'가

효과적으로 수행할 수 있는 단계별 작은 계획들을 적절히 수립해야 한다. 작업실을 마련하기 전에는 나 스스로도 놀랄 정도로 거의 모든 일들을 척척척 해냈다. 일은 물론, 부지런히 공간을 보러 다니는 것도 가구를 고르는 것도 착착착 해냈다.

그런데 작업실을 마련하자마자 갑자기 고장 난 기계처럼 멍 때리고 있는 게 아닌가! 작업실을 마련하기 전 그토록 바지런히 움직였던 것은 '작업실 겸 소품 가게로 쓸 수 있는 공간을 마련하겠다'는 명확한 목표가 있었기 때문이다. 하지만 이 목표를 달성하고 나니, 그다음 목표가 제때 세워지지 않아 모든 일이 더디게 흘러가는 것이다.

요즘 나는 그다음 목표를 세우는 일에 집중한다. 나의 소품 가게가 가질 수 있는 최상의 가치는 무엇일까. 그것을 위해 무엇을 해야 할까. 디자이너로서 나의 다음 스텝은 무엇일까. 큰 목표와 작은 목표, 큰 계획과 작은 계획을 생각한다. 지금 당장 집중해야 하는 일들을 구체화한다. 그리고 필요하다면, 과감히 목표와 계획을 수정할 수도 있어야 한다. 사장의 중요한 덕목 중 하나는 결단하는 것이다.

　'사장인 나'는 '직원인 나'의 역량을 정확히 파악하고
적절한 업무를 부여하며 단호히 통제해야 한다. 비용을
절약하겠다고 역량에 넘치는 일을 시키는 것이야말로
비용 낭비로 이어지기 일쑤다. '직원인 나'는 '할 수 있는
일'과 '할 수 없는 일'에 솔직해야 한다. 못 박기, 전등 교체,
커튼레일 달기……는 내가 할 수 있는 일이다. 하지만 그
일들을 연달아 수행해내는 체력을 갖추고 있지 못하다.
망원동 노란집을 운영할 때도 그랬다. 직접 청소하느라
서너 시간을 쓰고 나면 그다음 일은 하지 못하는 저질
체력이었다. 그다음 일이 더 중요할 때가 허다하다.
그렇다면 청소하는 일은 비용을 들여서라도 다른 이들을
고용하고, 나는 더 중요한 그다음 일을 수행하는 게 현명한
것이다. '젊어서 고생은 사서 한다'는 것은 옛말이다. 고생
안 할 수만 있다면 고생하지 않는 것이 멀리 내다보았을
때 훨씬 좋다. 더 중요한 일에 매진하지 못하고 차일피일
미룬다면 내 브랜드, 내 공간은 결코 만들 수 없을 것이다.

그렇다고 모든 일을 다 남의 손에 맡길 수는 없다. 그러니 '직원인 나'는 '할 수 있는 일' 중에서도 '잘할 수 있는 일'이 무엇인지 부지런히 생각해야 한다. 디자인 작업이나 사진 촬영이 그렇다. 내가 잘할 수 있는 일이다. 물론, 고비용을 투자하면 나보다 훨씬 뛰어난 이에게 사진 촬영을 의뢰할 수 있을 것이다. 하지만 비용은 정해져 있으니, 그나마 내가 잘할 수 있는 일들은 직접 해야 한다.

내 브랜드, 내 공간을 만들기 위해 달리다 보면 언젠가 번아웃되기 마련이다. 혼자서 북 치고 장구 치다 보면 지치기 십다. 따라서 '사장인 나'는 '직원인 나'를 세심히 살펴야 한다. 근무시간을 정확히 정해놓아야 하고, 초과근무 시 적절히 보상해야 한다.

마지막으로 우리에겐 상상력이 필요하다.
매출이란 숫자의 늪에 빠지지 않아야 한다.

"내가 하고 싶은 일을 하니 많이 못 벌어도 좋아!"라고 말하는 이들은 이미 포르쉐를 몇 대쯤 가지고 있거나

'못 벌어도' 사는 데 전혀 걱정 없을 만큼 통장 잔고가 충분할 것이다. 그러나 하고 싶은 그 일이 본업일 때, 특히 유일한 수입원일 때는 사정이 달라진다. 하고 싶은 일을 시작했을지라도 어느 순간에 도달하면 노동력 대비 수익률과 노동력 대비 만족도 사이에서 갈등하게 된다. 점차 만족도는 사라지고 수익률에만 집착하게 된다. 매출의 늪이 우리를 잠식하기 시작한다. 매출이란 숫자에만 집착하게 된다면, 애초 이 일이 목표로 하고 있는 가치들을 놓치게 된다.

나는 의도적으로 한 걸음 떨어져 나의 공간을 바라보는 시간을 종종 갖는다. 그리고 현실적인 문제에 대한 생각은 멈추고, 오로지 설레고 기쁜 상상들로 가득 채운다.

내가 이 공간에서 어떤 것들을 더 기획할 수 있을까?
또 다른 일들과 이 공간은 어떤 시너지를 낼 수 있을까?
누군가와 콜라보한다면 어떤 재미난 일들이 생겨날까?

오늘 오전에는 소품들을 사이트에 하나씩 업로드하고, 오후에는 다음 프로젝트 미팅을 다녀왔다. 저녁에는 모 작가를 만나 여행과 공간, 요가와 명상을 아우르는 흥미로운 프로젝트를 함께 기획했다. 밤에는 디자이너 친구들과 함께 어떤 새로운 프로젝트를 하면 좋을지, 그 프로젝트를 내 공간에 어떻게 녹여낼 수 있을지 상상했다.

사장도 나요 직원도 나인 '1인 브랜드'는 늘 바쁘고 이리저리 치이는 일상의 연속이다. 하지만 그 와중에도 아직은 어설프기만 한 초보 사장에, 할 줄 아는 것 빼고는 다 못하는 어버버 직원이지만, 그 둘의 케미는 점점 좋아지는 듯하다!

좋아하는 일이 업이 될 수 있을까

일복이 터졌다. 조금씩 부업으로 운영하던 소품 가게 매출은 지난달의 다섯 배가 되었고, 취미 반 일 반이었던 사진을 강의하게 되었고, 원고 마감도 코앞이다. 그러니깐 어느새 '좋아하는 일이 업이 되는' 과정 중에 있다. 그런데 이상하다. 초조하고 불안하다. 간혹 불행하게 느껴지기도 한다.

   1. '좋아하는' 또는 '좋아했던'.

나는 생각이 많은 사람이다. 조금 과할 정도로 많은데, 오죽하면 스무 살 이래로 항상 써오는 아이디가 'emptybean'이다. '영(0)지'라는 뜻이냐고 묻는 이들이 있는데, 실은 아이디를 짓느라 오만가지 생각 끝에 차라리 그냥 '생각을 비우자' 하고 지은 아이디다.

empty + 빈(비어 있다).

잡생각이 많고 그 생각들을 뱉어내지 않으면 답답함으로 도지는 예민한 사람이기도 한데, 그럴 때 글쓰기는 나에게 꽤 든든한 탈출구가 되었다. 메모장에서 시작해 블로그, 페이스북, 인스타그램, 브런치로 옮겨 가며 계속 글을 썼다.

그리고 내 작은 가게가 있다. '예쁜 물건을 소개하는 가게, 내 취향을 한껏 담은 가게'를 꿈꾸기 시작한 것은, 아마 본격적으로 디자이너로 일하기 시작한 직후인 듯하다. '예쁜 것, 특별한 것'을 좋아하지만, 또 그렇다고 해서 동료 디자이너들과 달리 무언가를 직접 만들고 싶다는 창작 욕구가 있는 것도 아니었다. 그런 나에게 '나만의 가게'는 왠지 모르게 퀴퀴하게 묵혀 있었던,

하지만 그 방향을 찾지 못했던 나의 창작 욕구를 분출해는 통로였다. 소품 하나하나에 나의 취향을 담아내고, 이를 통해 누군가에게 또 다른 영감을 줄 수 있다는 것. 그 자체만으로도 큰 감동이었다.

'돈이 안 되더라도' 평생 하고 싶었던 이 두 가지가 '업'이 되고 있다. 그런데 더 이상 즐겁지 않다. 독자가 한 명 한 명 늘어나던 즐거움은 어느새 독자의 기대에 부응해야 한다는 압박으로 변질되어 있다. 힘이 나지 않아도 힘이 되는 글을 쓰기 위해 어떤 사건에서 억지로 교훈을 끌어내려 한다. 누워서 시간 가는 줄 모르고 쓰던 글들을, 이제는 타이머를 맞춰놓고 '오늘은 반드시 끝낸다'는 마음으로 쓰고 있다.

가게도 그렇다. 별다른 기대가 없던 가게였지만 조금씩 매출이 늘어나니, '이렇게 하면 더 잘되는구나', '저렇게 하면 안 되는구나' 하고 골머리를 앓는다. 조금씩 규모가 커지는 만큼, 내 취향에 공감하는 이들 못지않게 공감하지 못하는 이들도 많이 만나게 되는데, 그럴 때마다 방향이 흔들린다. 내 방식이 잘못되었는가 하고.

그래서 어느 순간부터 이 일들이 즐겁지 않다. 한 발 한 발 나아가던 즐거움은 '더, 더, 더' 잘해야 한다는 부담감으로 변하고, 마음만큼 빨리 내디뎌지지 않는 발걸음에 괜히 마음이 조급해진다. 이쯤에서 스스로에게 질문을 던진다.

"나, 이 일들...... 진짜 좋아하는 거 맞아?"

2. 낙타, 사자 그리고 어린이.

니체는 《차라투스트라는 이렇게 말했다》에서 '낙타, 사자, 어린이'의 마음에 관해 다음과 같이 말했다.

낙타의 마음은 '이것을 왜 하는지도 모른 채 하루하루를 끌려가듯 살아가는 상태'이다. 사자의 마음은 '자신이 무엇을 해야 하는지 잘 알고 의욕적으로 삶을 개척해나가는 상태'이다. 이 마음 상태가 건강할 때 가장 적극적이고 능동적으로 삶을 살아간다. 이 마음 상태가 건강하지 못할 때 극도로 긴장하고 자기방어적이 된다.

마지막으로 어린이의 마음은 니체가 가장 이상적이라고 생각했던 마음 상태다. 어린이의 눈으로 바라본 세상은 새로움과 호기심으로 가득 찬 곳으로 알아가는 즐거움이 가득하다. 이러한 세상에서 일은 하나의 놀이가 되고 몰입의 대상이 된다.

좋아하는 일을 업으로 만들기 위해 노력하는 모든 이들의 마음 상태는 '사자'와 '어린아이', 그 어딘가에 있지 않을까 싶다. 좋아하는 일을 하는 와중에 생겨나는 작은 결과들에 마냥 행복한 어린아이의 마음 단계와 좋아하는 일을 잘하고 싶어 하는 진취적인 사자의 마음. 니체는 어린아이의 상태가 가장 이상적인 마음가짐이라 했지만, 좋아하는 일을 그저 취미로 남기지 않고 업으로 만들려면 사자의 마음 단계까지 나아가야 하는 것 같다. 일에 대한 설렘과 몰입은 잃지 않되 나아갈 길을 능동적으로 모색하는 태도.

좋아하는 일을 하면서 먹고살기란 결코 쉬운 일이 아니다. 그런 일은 하늘에서 뚝 떨어지지 않는다. 아이의 순수한 눈망울만으로는 살아갈 수 없는 것이 현실 아닌가.

그런데 이 스탠스를 유지하는 것은 사실 쉽지가 않다.
왜냐면 이 사자가 보기보다 성급하거든. 조금이라도 작은
해프닝이 생기면 불쑥 머리를 들이밀어 콱 하고 아이를
물어버린다. 그 순간 내 아이는 울음을 터뜨린다. '내가
즐겨하던 것들은 이런 것이 아닌데……' 하고 슬피 우는
어린아이를 마주한다.

얼마 전에도 그랬다. 하루 전까지만 해도 갑작스러운
성장세를 보이는 가게 소식에 기뻐했다가, 피드백을
남겼던 수천 명 중 딱 한 명이 이곳의 색깔이 다른 곳과
유사하다는 말을 듣자마자 낙심했다. 내가 잘못 가고 있는
것은 아닌가 싶어서 세차게 흔들렸다. 내 안의 사자는
이때를 놓치지 않는다. 가게의 향방을 다잡을 여러 방안을
이러저리 급히 찾아본다. 지금 이럴 때가 아닌데 말이다.
해답을 빨리 찾지 못하니 온갖 부정적인 감정을 다
끌어들여 나를 요동치게 만든다.

시간이 어느 정도 흐르고 그 말도 안 되는 불안이
겨우 잠재워진 순간에야, 나를 뒤쫓던 것이 결국 나

자신이었다는 것을 비로소 인지하게 된다.

　3. 잘하는 일, 좋아하는 일, 아끼는 일.

　흔히들 잘하는 일과 좋아하는 일을 구분하라고 한다.
잘하는 일로 먹고살고, 좋아하는 일을 취미로 삼으라고.
그러다가 잘하는 일이 좋아하는 일이기까지 하면 '잭팟'
터진 거라고 말이다. 또 이런 말도 있다. 노력하는 사람은
즐기는 사람을 이길 수 없다고.

　나는 조금 다르게 생각한다. 노력하는 그 일이 제일
좋아하는 일일 수도 있다. 제일 잘하는 일이 좋아하는 일일
수도 있다. 반드시 돈벌이와 연결할 필요는 없지만, 그렇게
될 수 있으려면 아주아주 많은 시간이 필요하다.

　좋아하는 일을 하고 있는 사람에게 잘하는 일을
찾아보라고 조언한다던가, 열심히 노력하고 있는
사람에게 굳이 즐겨 할 수 있는 일을 찾으라고 말하는 것은
조금 구시대적인 조언이 아닌가 싶다. '다른 무언가'를
찾아가라고 조언하기보다는, '어떻게'에 대한 경험을

축적해나가는 것이 훨씬 중요하다.

나 역시 '좋아하는 일을 업으로 만드는 법'에 대한
해답은 찾지 못했다. 하지만 수렁에 빠질 때마다 나를
끄집어내는 방법이 하나 있다. 바로 거리 두기다.

좋아하는 일에 마구 몰두하다가도 순간순간 거리를
두고 나 자신을 바라보는 것. 스트레스를 받고 있는 것은
아닌지, 너무 조급한 것은 아닌지, 방향은 맞게 가고 있는
것인지. 순진하기만 한 어린아이에 머물러 있는 것은
아닌지, 불안에 쫓기는 사자가 되어 있는 것은 아닌지.
적당한 거리를 두는 것은, 중심을 흐트러뜨리지 않고
단단히 서 있는 상태에서 몰입하기 위한 하나의 장치다.

그리고 여기, '아끼는 일'도 있다. 좋아하는 일 중에
일부는 아끼는 일이 된다. 애지중지 아끼는 그 일, 마치
내 자식처럼 내 평생 가져가고 싶은 그런 일. 아무리 심한
트러블이 있어도 자식을 내팽개칠 수 없듯이, 아끼는
일에 거리를 두는 것은 쉽지 않다. 누군가가 내 자식에게
꾸지람하면 아무리 그 말이 맞는 말이어도 부모에게

상처가 되듯이, 객관적인 조언도 듣기가 쉽지 않다.

나는 종종 내 글과 내 가게가 마치 내 자식같이 느껴진다. 이 마음은 참 소중해서 아장아장 걷는 걸음에도 기쁘고 설렌다. 아끼는 일이 조금씩 성장해가는 모습을 보는 설렘은 어느 무엇과도 쉽사리 비교할 수가 없다.

그래서 나는 아끼는 일에 대해서만은 '거리 두기'보다는 내 곁에 항상 두고자 한다. 그리고 끊임없이 생각한다. 아끼는 일을 업으로 삼는 것이 맞을까, 너무 즐기기만 하는 것은 아닐까, 너무 빠르게 커가고 있는 것은 아닐까, 말로만 아낀다 하고 방임하고 있는 것은 아닐까······.

이 일들을 오래오래 평생 하려면 지금 무엇부터 해야 하는지 고민한다. 단, 너무 오래 생각하면 산으로 가니, 적당히.

4. 좋아하는 일이 업이 될 수 있을까.

다시 처음 질문으로 돌아온다. 나의 대답은 ······

'글쎄'다. 좋아하는 일을 업으로 만든, 또는 업이 아니라 그저 사랑스러운 취미 정도로 만족하는 사람들을 본다. 후자가 훨씬 많지만 숫자가 모든 것을 증명하는 것이 아니니까 낙심하긴 이르다.

　나는 이렇게 잠정적인 결론을 내린다. 좋아하는 일이 업이 되기 위해 필요한 것은, 어쩌면 '잘하는 것'도 '즐기는 마음'도 아닐지 모른다. 가장 필요한 것은 '왜 좋아하는 일을 업으로 만들고 싶은지'에 대한 질문에 끊임없이 답하는 것과 그로부터 쉽사리 흔들리지 않을 만큼 단단해지는 것이 아닐까.

> 좋아하는 일이 업이 될 수 있을까?
> 글쎄. 10년 후에는 나만의 단단한 결론에 이를 수 있을 것이다.

한 가지만 꼽으라면

그러니까 그중에 무엇을 제일 잘하시죠?

'한 가지만 하라'는 말을 매일같이 듣는다.

그런데 한 가지만 어떻게 고르란 말인가!
굳이 고른다면, 내가 좋아하는 무수한 것들을 잘 버무리는
저글링하는 법을 이야기하겠다.

저글링이 당장은 서툴러도 귀여워 보이지 않을까!

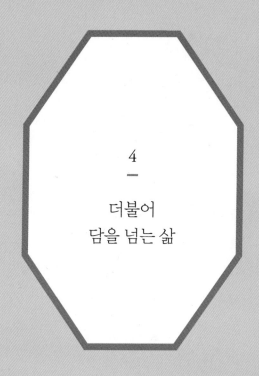

4
—
더불어
담을 넘는 삶

라동 이야기

프랑스에 있을 적 이야기다. 내가 살던 아파트는 100년도 더 된 오래된 건물이었다. 하지만 엘리베이터도 있고 경비실도 있고 나름 있을 것은 다 있었다. 중앙이 동그랗게 뚫려 있는 도넛 형태의 건물이었는데, 1층 중앙에는 햇살을 듬뿍 받는 작은 정원도 있었다. 유럽 생활을 시작한 지 얼마 안 돼 만난 참 멋진 건물이었다.

　이 건물의 한 가지 흠을 잡자면 엘리베이터가 한 번씩 덜컹하고 핑음을 내며 흔들린다는 것이다. 건물만큼이나 나이를 많이 먹은 이 엘리베이터는 멈추기도 꽤나 자주

멈췄다. 다행히 내가 탔을 때는 층과 층 사이에서 멈춘 적은 없었지만, 다른 층에서 멈춰 억지로 내린 적이 두세 차례 있었다. 그 이후 이사하는 날까지는 이용한 적이 없었고, 이곳에 온 지 두 달 만에 계단을 오르내리기 시작했다.

　내 방은 4층에 있었는데, 3층과 4층 사이의 계단에는 웬 뚱뚱한 고양이가 길을 턱 하고 막고 있었다. 오렌지색의 짧은 털과 정말 '동그란' 얼굴을 가진 고양이었는데, 고양이를 잘 모르는 내가 봐도 열 살은 되어 보였다(지금 생각해보면 그 고양이가 크고 뚱뚱하고 느릿느릿하여 나이가 많을 것이라 추측했던 것 같다).

　그런데 이 고양이는 어찌나 뻔뻔하던지, 내가 처음 계단을 오른 날에만 흠칫하고 놀라며 길을 비켜주었고, 그다음부터는 움직이는 시늉조차 하지 않았다. 언제나 내가 그 고양이를 비켜 갈 뿐이었다. 이 뚱뚱한 고양이가 몸을 쭉 펴서 누워 있을 때면 행여나 꼬리를 밟을까 봐 까치발까지 세워가며 피해 가야 했다. 그럴 때면 이 동그란 털 뭉치는 자기 몸만큼이나 동그란 눈으로 나를 멀뚱멀뚱 보다가 이따금씩 '야옹' 하는 것이 전부였다.

계단으로 오르내리는 날들이 많아지고 점차 프랑스 생활에 익숙해지니 이 뻔뻔한 고양이에게 애정이 생기기 시작했다. 햄을 뜻하는 불어인 '라동'Lardon이라는 이름도 붙여주었다. 주인 없는 길냥이라고 생각했는데, 언젠가 3층에 사는 이웃이 키운다는 것을 안 이후에는 괜히 섭섭하고 그랬다.

원래 주인이 붙여준 이름은 소피인지 줄리인지 하여튼 그런 것이었는데, 내가 지어준 라동이 훨씬 잘 어울렸다(고 주장한다).

3층 계단이 시작하는 지점에서부터 '라동~' 하고 소곤소곤 부르곤 했다. 가끔씩은 라동이 귀를 쫑긋 세우곤 했다. 내가 부르는 소리에 반응한 것이 아니라, 그저 내 인기척에 반응했을지라도 그렇게 기뻤다.

시간이 좀 지나니 라동도 내가 익숙해진 듯했다. 대체로 복도에 퍼질러져 있는 녀석이 어느 날은 정자세로 앉아 있는 것이 아닌가. 그 모습이 되레 낯설어 슬그머니

피해 계단을 돌아 올라가는데, 갑자기 라동이 나를 졸졸 따라오기 시작했다. 3층에서 4층 사이의 구역을 넘어, 4층 복도에 올라가서도 나를 따라왔다. 복도 끝 내 방문을 여는 모습을 동그란 눈으로 한참 지켜보더니 이내 들어올 기세다. 머릿속에 오만 가지 생각이 다 드는데, 3층 이웃 몰래 그냥 내가 키울까 하는 못된 생각까지 들었다. 이 북실북실한 털 뭉치의 납치범이 나라는 것을 알게 되면 그 이웃이 얼마나 화가 나고 속상해할까 하는 생각까지 이르렀다. 라동이 내 방에 들어오는 것만은 안 될 것 같아 몸을 사선으로 돌려 문 앞을 막았다. 그러나 라동은 익숙하다는 듯이 내 다리를 휙 하고 뛰어넘어 작게 열린 문틈 사이로 후루룩 들어오는 게 아닌가. 얼마 전까지만 해도 길냥이인 줄 알았던 이 낯선 생명체가 내 집에 맘대로 들어와버린 것이다.

라동의 뻔뻔함은 여전했다. 천천히 고개를 돌려 내 방을 쓱 스캔해보더니 이곳저곳을 마음대로 누비고 다녔다. 멋대로 침대 위로 올라가 잘 개인 이불을 질겅질겅 밟기도 하고, 여느 고양이가 다 그러하듯 책상 위 노트북에 누워보기도 했다. 살짝 열린 옷장 틈을 비집고 들어가 그 노랗고 짧은 털을 내 옷에 잔뜩 묻히기까지 했다. 무엇이 신기한지 화장실의 변기도 한참을 들여다봤다.

아무리 내가 고양이를 좋아한다 한들, 갑자기 집에 들어와서 온 방을 휘젓고 다니는 이 불청객이 마냥 달갑진 않았다. 문을 열어놔도 이 영특한 생물은 도무지 나갈 생각을 하지 않았다. 라동은 당연하다는 듯 나를 신경 쓰지 않았다. 그저 내 방에서 여기 누웠다 저기 누웠다 하다가 어느 순간 그마저도 질리는 듯 보였고, 그즈음에야 열어둔 문틈 사이로 나가곤 했다.

그 이후로도 라동은 종종 집에 놀러왔다. 문이 열리면 휙 하고 들어와 지난날처럼 집을 온통 노란 털투성이로 만들었다. 어떤 날은 대체로 그러하듯 내게 무관심했고 어떤 날은 나를 졸졸 따라왔다. 이 영특한 생물은 노는 것이 질리면 닫힌 문을 벅벅 긁어댔다. 내보내달라는 것이다. 맘대로 들어왔다 맘대로 나가는 이 뻔뻔한 방문이 처음에는 낯설고 신기했고, 시간이 지날수록 라동이 기다려지는 날들이 많았다.

아는지 모르는지 타지 생활이 괜히 힘들고 울적한
날들이면 라동은 어김없이 찾아왔다.

　일이 맘대로 풀리지 않던 어느 날이었다. 복도에
라동이 보이지 않았다. 문을 활짝 열어두었다. 얼마 지나지
않아 눈치 빠른 라동이 스르륵 들어왔다. 물론 그 아이가
나를 위로해주거나 달래준 것은 아니었다. 그저 여느 때와
같이 나를 한번 힐끗 보고 마는 것이다. 그것만으로도
충분했다. 햄(라동)이 잔뜩 얹어진 냉동 피자에 콜라를
준비해두고 드라마를 볼 적이면 라동은 내 무릎에 앉곤
했다. 라동은 어느새 나의 가족이자 친구, 내가 마음으로
키우고 의지하는 아이가 되었다.

　한국에 돌아온 후 라동을 보지 못한 지 5년이 되었다.
누군가 파리 생활에서 가장 그리운 것이 무엇이냐
물어보면 나는 라동이라고 답한다. "라동?" 하고
갸웃거리는 사람들에게 부연설명을 해준다. 우리 집에
멋대로 자꾸 들어오던 이웃집 고양이라고 말이다.

한국에 돌아와서도 라동 같은 고양이 친구를
기대했지만, 길가의 고양이들은 나를 보면 도망가기
일쑤다. 대신 라동 같은 사람들은 종종 만났다. 뻔뻔한
것인지 눈치가 없는 것인지, 가끔 아무렇지 않게 불쑥 나의
영역에 들어오는 그런 사람들 말이다. 평소 같으면 본래의
까칠함을 발휘하며 경계부터 하고 볼 텐데 요즘은 그렇지
않다. 혹여 그들이 라동 같은 반가운 불청객이 되지 않을까
작은 기대를 해보기도 한다. 애써 그러지 않은 척 마음의
문을 살짝 열어둔다.

라동은 나같이 까칠한 이의 품을 파고들 수 있는
능력이 있었다. 물론 고양이니까 더 쉬웠을지도 모르겠다.
그래도 낯선 이의 품을 파고드는 일은 쉽지 않다. 노란 털을
이리저리 휘날리고도 그러기는 더욱 쉽지 않다. 나는 낯선
이의 품을 파고들 수 있는 사람일까. 내 글이, 내 그림이
누군가의 품을 파고들 수 있을까.

라동이 보고 싶은 밤이다.

우리에게는 친구도 전우도 필요하다

한 살 한 살 먹을수록 우정의 정의는 점점 다양해졌다.
학창 시절 친구는 내 일상의 거의 모든 것을 공유하는
존재였다. 기쁜 일과 슬픈 일은 물론, 숙제부터 누가 누구를
좋아한다는 가십거리까지. 거의 동일한 일상을 함께한다는
사실만으로도 그들은 종종 친구 이상의 의미를 선사했다.

지금은 친구들과 조금 더 다양하게 관계 맺는다. 한창
블로그를 할 때 서로의 글을 주고받던 A와는 종종 카페
나들이를 한다. 직업도 나이도 다르지만 취향과 관심사가
잘 맞기 때문이다. 대학생 시절 강사로 뵈었던 B와는 10살

넘게 차이가 나지만, 졸업 후 학교 밖에서 우연히 만나기
시작했다. 별것 아닌 근황에 서로 웃고 너스레를 떨곤
하는데, 이것도 우정이라면 우정 아닐까.

　　그리고 여기, 이양과 오양이 있다. 고등학생 시절
미술학원에서 만났으니까 햇수로는 10년이 넘었다.
신기하게도 우리는 정말 징그럽게 다르다. 1년쯤 전에 함께
여행 갔을 때는 정말 가관이었다. 어쩜 그렇게 서로 가고
싶은 곳이 다른지, 싸우지 않은 것이 다행이었다. 누군가가
꾹 참고 있었다는 표현이 정확하겠다.

　　서로에 대해서도 잘 모른다. 오양이 주변에 무심한
것은 알았지만, 내 SNS에 남자친구 사진으로 도배할
적에도 그녀는 내가 연애 중이라고 생각하지 않았다.
이양은 얼마 전에야 조심스레 내 전공을 물어봤다. 하도
이것저것 하고 다녀서 헷갈려 할 수 있긴 하지만, 그래도
입시를 같이 치른 친구가 내게 무슨 디자인을 하냐고
물어보니 퍽이나 당황스러웠다.

　　물론 나도 크게 다르지 않다. 이양이 키우는 강아지

이름이 앵두라는 것은 알았지만, 그녀에게 오빠가 있다는
사실은 꿈에도 몰랐다. 오양이 이사했다는 것은 알았는데,
그곳이 우리 부모님 댁에서 차로 10분 거리인 곳인지는
1년 정도가 지난 다음에야 알았다. 10년 우정치고는 서로
모르는 것이 지나치게 많았다. 그래서 간혹 우스갯소리로
"우리 별로 친하지 않나 봐" 하고 이야기하곤 한다. 그러면
둘은 너스레로 받아쳤다.

"친구라기보단 전우에 가까워서 그런 것 아닐까?"

'전쟁터에서 같이 싸우는 동료'를 의미하는 전우.
전쟁터라니 전우라니, 조금 오글거리고 비장한 듯하여도
이들과 나의 관계를 정의할 단어 중에 이만큼 적절한
것도 없다. 같이 입시를 준비하고, 같이 대학 생활을
힘겹게 보냈으며, 험난한 사회 초년생으로 이직과 퇴사를
반복하는 나날을 보냈으니깐. 같은 미대를 나왔어도 하는
일은 조금씩 다르지만, '꿈과 일'이라는 카테고리 안에서는
많은 것들을 공유하며 함께 이겨내고 있었다. 우리는 그런

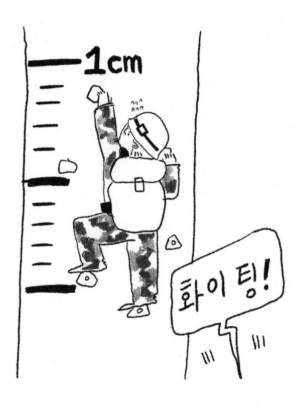

의미에서 '전우'였던 것이다.

　우리가 모이면 대화에 꼭 등장하는 주제가 있다.
바로 진상 클라이언트나 회사 상사 뒷담화다. 내가
클라이언트에 대한 일화를 이야기하면, 회사를 다니는
둘은 혀를 끌끌 차며 대신 욕을 해주었다. 반대로 그들이
회사에서 있었던 어처구니없는 일을 들려주면, 내가
발끈하며 "그딴 회사 때려 쳐!" 하고 대신 분노해주었다.
우리의 대화는 씁쓸한 내용이 많았지만, 결코 우울하지
않았다. 힘이 쭉쭉 빠지는 사회 초년생들의 이야기는
헛웃음 나는 별난 에피소드로 변해 있었다. 아주 가끔, 정말
아주 가끔, 감수성 넘치는 자리에서는 서로가 바라는 조금
더 나은 자신의 모습에 대해 이야기하기도 했다.

　이렇게 우리는 일상의 희로애락을 공유했다. 그리고
그 짧은 공감 과정을 통해 1센티미터 정도 앞으로 더
나아갈 수 있는 힘을 충전했다.

　하루는 오양의 이직을 계기로 한자리에 모였다.
오양은 전시기획 일을 그만두고, 돌연 국회의원 비서로

일하기로 했다고 했다. 그녀의 업무는 비슷했다. 젊은
국회의원의 비서로 일하며 그의 정책을 홍보하는 포스터를
만들거나 유튜브 영상을 편집했다. 그녀의 업무가
무엇이든 간에 명함에 떡하니 적혀 있는 직함을 보고
우리는 "우오오, 비서!" 하며 연신 감탄사를 내뱉었다.

이양은 내가 알기로만 다섯 번째 이직을 준비하고
있었다. 입이 떡 벌어질 만큼 충격적인 그녀의 상사
뒷담화는 분명 씁쓸한 이야기인데, 그녀의 말재간 덕에
블랙코미디를 보는 듯했다. 오피스텔 청약이 당첨되어서
기뻐해야 하는데, 대출금 때문에 회사를 관둬도 되는지,
이직 타이밍을 어떻게 잡아야 하는지 고민한다는 이야기도
전했다. 그녀가 웃고 있었는지, 울고 있었는지는 정확히
기억나지 않지만, 우리는 '청약 당첨'이라는 깜짝 놀랄
소식에, 그저 "우오오, 집주인!" 하면서 박수를 쳤다.

나는 뭐, 언제나 그렇듯 방황 중이라고 얘기했다.
마침, 이양과 오양이 소개시켜준 프로젝트도 뼁 차버린
직후였다. 반쪽짜리 프리랜서이자 반쪽짜리 사업가로
흐느적거리는 것이 나의 근황이라면 근황이었다. 하지만

그들은 내 이야기에 다시 한번 감탄사를 내뱉어준다.
"우오오, 용기 있는 자!" 하고 말이다.

입시 준비 3년, 같은 대학 미대에서 4년을 보냈는데,
지금의 우리는 고등학생 시절 상상했던 모습과는 사뭇
달랐다. 하는 일도 관심사도 너무나 달라졌다. 그러면서
이렇게 모일 적이면 눈물인지 웃음인지, 하여튼 이야기가
끝나지 않았다.

"우리 나중에 뭐가 되려고 그러는 걸까."

내가 얘기를 꺼냈다. 목소리는 상기되어 있었지만,
적지 않은 고민들이 담겨 있었다. 누구보다 열심히 살고
있는 것 같은데 마음만큼 되지 않는 것 같다는 씁쓸함도
조금 있었다.

"재미있는 할머니?"

이양이 바로 답했다. 오양이 맞장구쳤다. 긴 터널

같은 우리의 젊은 날들은 재미있는 할머니가 되기 위한 밑거름이라고 했다. 하기야 이양의 회사 이야기만 들어도 한 편의 블랙 코미디 같은데, 우리가 나이를 먹으면 얼마나 많은 이야기가 차곡차곡 쌓일까.

그렇게 우리는 오늘도 스스로에 대한 우문에 명쾌한 답을 내렸다. 결코 쉽지 않은 나날이지만 '재미있는 할머니'가 되는 중이라고 말이다. 각자 방식은 달라도 '재미있는 할머니'가 되기 위해 조금씩 성장하고 있다고 말이다.

자주 만나지는 못하더라도 SNS를 통해서라도 나의 근황을 공유하고는 한다. 그러면 그들은 어김없이 자신의 자랑거리인 것마냥 기뻐해주곤 했다. 아무도 봐주지 않는 것 같은 나의 독무대에 열렬한 관람객이 되어주는 것이다. 물론 나도 그들의 열렬한 관람객이다. 미약하지만 발걸음을 내딛을 때마다 서로를 진심으로 축하하는 것이다. 그렇게 비슷하지만 다른 길을 걸으면서도 서로의 안부를 챙긴다. 헉헉거리며 달리다가도, 가끔씩 멈춰 서서 "잘 살고 있지?" 하고 묻는다. 그리고 기쁜 소식이든 나쁜 소식이든 함께 나아가고 있음에 위안을 받는다.

아직은 파파하기만 한 우리의 일상에는 같은 곳을 바라보며 동행할 전우가 필요하다. 각자의 꿈을 응원해주고, 나 대신 누군가에게 시원하게 분노해줄 그런 전우 말이다.

언젠가 어렵고 고된 길을 건너온 다음, 우리는 언제나 그래왔듯 깔깔대며 서로의 근황을 전할 것이다. 우리는 아직 그 구체적인 비법은 모르겠지만, '재미있는 할머니'라는 같은 꿈을 향해 천천히 발을 내딛는 중이다. 가끔씩 서로의 안부와 위치를 확인하면서 말이다.

우리에게는

친구도, 전우도 필요하다

담을 넘는 법을
가르쳐준 아이

친구 '손'과 내가 알고 지낸 햇수가 10년이 훌쩍 넘었다.

우리가 처음 만난 것은 고등학교 1학년 때였다.
지금이야 떼려야 뗄 수 없을 만큼 친하게 지내지만, 솔직히
'손'의 첫인상은 좋지 못했다. 지금으로부터 어언 11년 전의
3월은 아직도 선명히 기억난다. 입학 첫날부터 교실 뒤편에
남학생들이 우르르 몰려 있는 것이 꽤나 꼴불견이었다.
'손'은 그 무리와 함께 장난을 치고 있었다. 새 교복을 입은
지 얼마나 되었다고, 교복 재킷 대신 패딩을 걸쳐 입은

모양새도 마음에 들지 않았다. 하여튼 '손'의 첫인상은 좋지
않았다.

　　야간자율학습시간이면 '손'과 몇몇 이들은 자꾸
어딘가로 사라졌다. 우리가 다녔던 고등학교는 밤
12시까지 공부를 시키는 등 동네에서 엄하기로 유명한
학교였다. 그 엄격한 분위기 때문에 먼 동네에서 등교하는
학생도 있었다. 선생님들은 행여 학생들이 도망칠까 봐
복도를 수시로 순찰하고 교문 앞에서 지키기까지 하고
있었다. 그런데도 '손'과 친구들은 그런 선생님들을 약
올리듯 자꾸 사라지곤 했던 것이다.
　　어느 날부터 그들이 어디로 사라지는지 궁금해졌다.
하루는 '손'이 자습실을 조용히 빠져나갈 때, 속으로
서른까지 세고 조용히 복도에 나가 창밖으로 내다보았다.
건물 사이에서 녀석들이 별안간 사라졌다. 땅으로
꺼졌는지 하늘로 솟았는지 순식간에 사라졌다. 눈 비비며
운동장 구석구석 훑어보았지만 그들은 자취를 감췄다.
귀신이 곡할 노릇이었다.

그 이후로 나는 며칠 동안 그들의 행동을 예의
주시했다. 차츰 선생님들도 눈치채기 시작했다. 월요일에는
쉬는 시간마저 숨이 턱 막히게 하는 호랑이 선생님이
감독했다. 수요일에는 담임선생님 순서였으니 도망갈
꿈조차 꿀 수 없다. 그런데 화요일과 목요일에는 엄마처럼
푸근한 인상의 선생님이 오셨다. 학교 선생님은 아니고
아르바이트처럼 야자 시간에만 오셨던 분인데, 희한하게도
한 시간만 지나면 어김없이 꾸벅꾸벅 졸았다. '손'과
친구들은 이 선생님이 오는 날만 기다리고 있었다. 쉬는
시간이 끝나는 종이 울리고 모두가 다시 자리에 앉고서도
몇 분이 지난 후, 그때가 사라질 타이밍이었다. 주무시는
감독 선생님 머리 위로 팔을 휘휘 저어 미동조차 하지
않을 만큼 깊은 잠에 빠져든 것을 확인한 나면, '손' 일행은
조용히 복도를 빠져나갔다. 여기까지가 내가 며칠 동안
관찰한 바였다.

그런데 그날은 뭔가 씐 것이 분명했다. 그 이후가
궁금해졌다. 그들이 교실과 복도를 빠져나간 후,
운동장에서 어떻게 사라지는지 말이다. 이번엔 열까지

세지도 않고 따라나섰다. 잰걸음으로 1층에 다다랐는데
'손' 일행이 보이지 않았다. 그들과 마주치지 않았다는
안도와 오늘도 알아내지 못했다는 아쉬움이 교차하던 때,
나지막이 어디선가 익숙한 목소리가 들렸다.

"야! 왜 따라와?!"

건물 입구 오른쪽 한구석에서 '손'이 속삭이듯 말했다.
나머지 일행들은 온데간데없고 그만 덩그러니 남아 나를
이상하게 쳐다보고 있었다. 당황스럽고 민망해서 아무
말도 못 하고 있는데 '손'이 먼저 말을 걸어왔다.

"너도 갈 거야? 그럼 이리 와."

'손'은 자습실 건물을 끼고 휙 돌았다. 건물과
담벼락 사이의 좁은 길을 따라 조금 들어가니, 꽤나 낮은
담벼락이 있었다. 이 담을 넘었구나! 그들의 비밀이 풀리는
순간이었다. 담의 낮은 부분은, 어찌나 많은 사람들이

거쳐갔는지 붉은 페인팅 흔적은 온데간데없고 시멘트의
속살을 훤히 내보이고 있었다. 개교 이래 무수히 많은
학생들이 이 담을 비밀의 통로로 사용했으리라. 학창
시절의 추억이 이 비밀스런 통로로부터 시작됐으리라.

　　'손'은 익숙하게 담벼락을 짚고 작은 몸을 사뿐히 들어
올려 순식간에 월담해버렸다. 어안이 벙벙해서 멀뚱멀뚱
쳐다보고만 있으니 담 건너편에서 '손'의 속삭임이
들려왔다.

　　"너 갈 거야? 말 거야?"

　　당연히 안 가는 것이 정상 아닌가. 나는 대답 대신
수많은 학생들의 흔적이 묻어 있는 담벼락을 조용히
관찰할 뿐이었다. '손'은 담벼락 건너편에서 까치발을
들어 내 쪽으로 고개를 내밀었다. 아무 말 없이 멍하니
서 있는 나를 보더니 알겠다는 듯 혼자 고개를 끄덕였다.
다시 능숙하게 담을 넘어 들어왔다. 그러고는 갑자기 친히
나에게 담 넘는 법을 알려줬다.

"자, 양손으로 끝을 잡고, 몸을 끌어올려서 넘어. 이쪽이 더 낮으니까 여기를 잡아."

월담할 생각이 전혀 없었지만(진짜다), 일단 시키는 대로 했다. 손을 쭉 뻗어 담을 짚었는데, 보기와 달리 꽤 높았다. 내가 두 손으로 담을 짚고만 있을 뿐, 아무런 행동을 하지 않자 '손'은 그런 나를 골똘히 보더니 바로 옆 화단에서 짱돌을 하나 주어왔다. 그러고는 그 돌을 내 발 옆에 턱 하고 놓더니 더 적극적으로 담을 넘는 제스처를 시현한다. 아무래도 '손'은 오늘 나를 꼭 월담하게 만들 작정이다.

얼떨결에 나는 '손'의 지시대로 짱돌을 딛고 올라가 낑낑대며 담을 넘었다. 담을 내려오면서 거친 시멘트에 맨살이 닿아 까졌다. 하지만 상처는 그리 쓰라리지 않았다. 나 자신이 더 신기했다.

담을 넘었다. 학교를 도망쳐 나왔다.

'손'은 나를 먼저 담 너머로 보낸 후 아무렇지 않게

휙 하고 넘어왔다. 담 넘는 법을 가르쳐줬으니 고맙다고
해야 하나 하던 차에, '손'은 늦었다는 듯이 부랴부랴 그 앞
도로를 뛰어갔다. 증발의 비밀을 알고 나니, 그가 어딜 그리
급히 가는지는 궁금하지 않았다. 피시방 아니면 노래방일
것이라 짐작했다.

　담을 넘었다는 짧은 뿌듯함도 잠시, 정신 차리고 보니
학교 교문 밖에 나 혼자 덩그러니 남겨져 있었다. 학교로
돌아가야겠다고 잠시 생각했는데 혼자서 다시 담을 넘는
것은 무리였다. 담을 잡고 몇 번 낑낑대다 보니, '짱돌'도
'손'도 없이 내가 넘을 수 있는 높이의 것이 아니었다.
교문으로 당당하게 돌아갈까도 생각했지만, 그것도 참
난처했다. 교문과 담벼락을 번갈아 보다가, 결국 나는 그냥
집으로 향했다.

　내 첫 일탈이자, 처음으로 자습을 '쨴' 날이 되었다.
다음 날 가방 없이 등교하는 것이 얼마나 머쓱했는지
모르겠다.

244

그날 이후 우리는 부쩍 친해졌다. '손'은 말투와 달리 꽤나 섬세한 친구였다. 누나가 있다고 하더니 그 덕인 것도 같았다. '손'은 모든 것이 서툴고 어설픈 나를 항상 놀려댔지만, 실제 행동으로는 나를 세심히 배려해주었다. 예를 들면, '손'은 내게 담 넘는 법 말고도 많은 것들을 가르쳐주었다. 같은 동네에 10년 가까이 살면서도 미처 몰랐던 맛난 분식집이라던가, 그곳의 떡볶이를 제대로 먹는 비법 같은 것들 말이다. 삶은 계란을 으깨서 떡볶이 국물에 살살 비벼 먹었는데 어찌나 맛있던지, 훗날 부모님을 모시고 그 분식집에 간 적도 있었다.

성적이 오르지 않는 것이 가장 슬픈 일이었던 고등학생 시절, '손'은 언제나 기분 전환이 필요할 때 호출해내는 대상이었다. 모의고사 시험지를 붙잡고 우울해하는 날이면, '손'은 "맛있는 것 먹고 오자"며 꼬드기곤 했고, 우린 어느새 비밀 통로를 지나 담벼락 밑에 도착해 있었다. 언제부턴가 짱돌 대신 튼튼한 나무 박스를 구비해두기까지 했다. 여전히 매번 담을 넘을 때마다 다리에 상처 하나씩은 났지만 이제는 '손' 없이도 혼자 담을 넘을 만큼 실력이 향상했다.

그렇다고 걱정이 아예 사라진 건 아니었다. "이래도 괜찮을까?"라고 질문하면 '손'은 언제나 "그래도 돼"라고 단언했다. 그 대답은 중의적이었다. 담을 넘어도 괜찮다는 뜻이자, 나를 괴롭히던 쓸데없는 고민들을 잠시 잊어도 된다는 뜻이기도 했다. 그리고 그의 말처럼, 우리가 매번 담을 넘더라도 아무 문제가 생기지 않았다. 심지어 하루는 담을 넘자마자 생물 선생님과 마주쳤는데, 선생님은 다 이해한다는 듯 빨리 가라고 손짓할 뿐이었다. 우리는 간단히 목례하고 후다닥 길을 건너며 중얼거렸다.

"생물...... 어쩌면 생각보다 괜찮은 사람일지도 몰라."

학년이 올라가고부터는 우리는 더 이상 담을 넘지 못했다. 시멘트 속살 흰히 보이는 낮은 담벼락 위로 아주 높다란 펜스가 세워졌기 때문이다. 선생님들까지 다 아는 비밀 통로가 되어버렸으니 안 막는 것이 이상한 일이긴 했다. 다만, 선배들은 3년 내내 이 비밀 통로를 애용했을 텐데. 얼핏 봐도 수십 년 동안 넘나든 것 같아 보였던 담벼락을, 왜 우리가 입학하고 나서야 부랴부랴 막아야 했을까. 그게 아쉬울 따름이었다.

하지만 '손'과 나는 곧 새로운 '비밀 통로'를 찾았다. 참 희한하게도 학교 복도에는 베란다가 있었다. 보통 청소 용품을 잔뜩 쌓아 두는 곳이었는데, 나는 울적해질 때마다 이제는 다른 반이 된 '손'을 찾아갔고, 그러면 '손'은 난처하다는 표정을 지으면서도 나를 이곳으로 데리고 나갔다. 그리고 어깨를 꾹 눌러 억지로 주저앉혔다. 그렇게 둘이 복도 베란다에 쪼그려 앉아 있으면 운동장에서도 복도에서도 우릴 찾을 수 없었다. 복도와 베란다 사이의 문을 닫으면 소리마저 차단되었다. 마치 시공간을 훌쩍 뛰어넘은 듯했다. 우리는 새로운 담을 넘은 것이나 마찬가지였다. 비록 분식집은 갈 수 없었지만, 적어도 우리 둘만의 작은 세계가 있었다.

"너는 눈물샘에 문제가 있는 것 같아."

한심하다는 듯 퉁명스럽게 이야기하는 그를 내가
째려보면, 그제야 사근사근한 위로의 말들이 이어졌다.

"대충 흘려버려."
"얼마나 잘살려고 그래. 나중에 커서 나 일자리 주려고
그러지."
"심사위원들이 보는 눈이 없네. 내가 봤을 땐 네가 일등
감인데."

나는 어느덧 눈물로 퉁퉁 부은 눈으로 웃고 있었다.
그럴 때면 '손'이 어김없이 하는 말이 있었다.

"네가 여자라서 이런 말은 안 하려고 했는데……
너 그렇게 자꾸 울다 웃으면 엉덩이에 털 난다."

항상 반복되는 레퍼토리처럼 엉덩이에 털 나는
이야기까지 하고 나면, 어느새 내 슬픔은 온데간데없이
사라졌다. 속상한 마음을 훌훌 털어놓고 나면, '손'의 구수한

욕설이나 시답잖은 농담이 튀어나왔다. 욕설은 기분
나쁘지 않았고 농담은 나를 웃게 만들었다. 한 평 남짓 복도
끝 베란다에서 '손'은 내 슬픔을 웃음으로 바꾸는 재주를
부렸다.

'손'과 함께 숨어들던 복도 베란다는 나의 작은
'대나무숲'이었다.

이런 날도 있었다. 고3 때였을 것이다. 여느 때와
다르게 '손'이 먼저 내 반으로 찾아왔다. 장난기 없는 얼굴은
창백하기까지 했다. 손까지 파르르 떨고 있길래 얼른
베란다로 데리고 나갔다. 이번에는 내가 두 손으로 그의
어깨를 꾹 눌러 앉혔다. 잠시의 침묵이 흐른 후에 '손'은
입을 열었다. 어머니가 수술하신다고 했다. 학창 시절 내내
어머니가 아프시다는 얘기조차 웃으면서 하는 그였다.
  그날 처음, '손'은 나라는 대나무숲에 마음을
털어놓았다. 불안감과 걱정과 왠지 모를 죄송함이 뒤섞인
미묘한 떨림. 평소와 달리 급격히 적어진 '손'의 말수에서

그의 두려움을 느낄 수 있었다. 하지만 나라는 대나무숲은 형편없었다. 농담도 튀어나오지 않았다. 평소처럼 욕도 할 수 없었다. 힘없이 앉아 있는 그를 보며 난처해할 뿐이었다. 나에게는 '손'의 슬픔을 흘려보낼 재주가 없었다.

대신 울었다. 그것도 목 놓아 소리 내어 울었다. 축 쳐져 있던 '손'이 화들짝 놀랐다.

"네가 왜 우니?"

"몰라, 어떻게 위로해야 할지 모르겠어......"

'손'은 정말 어이없다는 듯 크게 코웃음 치더니 얘기했다.

"넌 진짜 문제 있는 것 같아."

다른 때와 달리 손을 째려볼 여유조차 있지 않았다. 내가 무릎에 얼굴을 파묻고 울기만 하자, '손'은 나의 정수리를 몇 번 쓰다듬어주었다.

"그런데 애초에 너한테 위로받으려고 온 거 아니야.
그런데 기분이 좀 나아졌다, 고마워."

그리고 우리는, 정확히 말하면, 나는 그러고도 한참을 꺼이꺼이 울었다.

다행히 어머니의 수술은 잘 마무리되었다. 그 이후에도 나는 몇 차례 더 대성통곡할 만한 일들이 있었지만(시험을 못 봤다거나 상을 못 탔다거나 등등), 대체로 우리는 여느 때와 같이 웃음으로 흘려보냈다. 나는 정말 자주 '손'을 대나무숲 삼아 꺼이꺼이 울었지만, 학창 시절 내내 진지해진 '손'을 본 것은 딱 두 번이었다. 첫 번째는 그의 어머니가 수술할 적이었고, 두 번째는 그가 재수하겠노라 이야기했을 때였다.

수능을 치르고 며칠이 지났을 때였는데, 그날도 그가 먼저 나를 찾아와 새파랗게 질린 얼굴로 얘기했다. 그의 비장한 각오가 평소 모습과 너무 달라 그랬던 것인지 헛웃음만 났다. '손'이 항상 나에게 그랬듯이 이번엔 내가 제대로 놀리고 싶었다.

"그래, 뭐, 잘 해봐라. 야...... 근데 너 좀 힘들게
해야겠다."

그러자 이번에는 '손'이 나를 앙칼지게 째려보았다.
그제야 나도 따뜻한 위로의 말을 전했다.

"야, 네가 재수하면 잘될 거라는 거 내가 알고 있으니까,
이렇게 놀릴 수 있는 거잖아. 무조건 잘될 거야, 무조건."

진심이었다. '손'이 언제나 나에게 그러했듯, 내
마음속의 진심을 담아 이야기했다. "나처럼 좀 잘 하지
그랬니" 하고 재수 없는 농담도 덧붙였다. 어느새 우리는
서로의 멱살을 잡고 장난치고 있었다.

어느새 나에게도, '손'의 슬픔을 웃음으로 흘려보낼 재주가
생겼다.

'손'은 결국 재수를 했고, 내가 생각했던 것보다도 훨씬

더 좋은 학교로 가게 되었다. 우리는 대학생이 되어서도 종종 동네 카페에서 만나 같이 과제를 하고, 저녁에는 동네 분식집에서 떡볶이를 사 먹곤 했다. '손'은 군대를 다녀왔고, 나는 파리에 다녀왔다. 담을 넘거나 조그마한 베란다에 쭈그려 앉을 필요 없이 우리는 울적한 날이면 맥주 한 캔을 사들고 한강에 가곤 했다. 고민의 주제는 시간이 갈수록 더욱 다양해졌다. 하지만 언제나 그랬듯 우리는 웃음으로 흘려보냈다. 그렇게 우리는 고등학생 시절 3년의 세 곱절보다도 더 긴 시간을 함께 보냈고 함께 성장해나갔다.

얼마 전의 일이다. 당연히 나올 줄 알았던 전세 대출에 문제가 생겼다. 생각지도 못한 높은 금리에, 너무 적은 대출금만 나온다는 것이었다. 은행이 보기에 나 같은 프리랜서는 도무지 믿을 만한 사람이 못 되나 보다. 프리랜서의 설움을 제대로 느꼈다. 나는 언제나처럼 '손'을 붙잡고 하소연한다. 월세를 구하면 되지 않겠냐며 하면서도 이렇게 다독인다.

"야야, 그만 울어. 내가 대출받아줄게. 곧 안정적인
직장에 다닐 테니 대출 많이 나올 거야."

하나도 위로가 되지 않는 '손'의 말을 들으니 괜히
헛웃음이 났다. '곧' 안정적인 직장에 다닐 '손' 덕에 대출금
걱정은 안 해도 되겠다니. 이참에 각서라도 쓰자고 했다.
취업하면 꼭 나한테 돈 꿔줘야 한다고 말이다.

'손'은 애써 각서 쓰기를 거부한 채 산책이나 가자고
했다. 우리는 자취방 뒤편 골목으로 돌아 들어갔다. 약간은
으슥한 그 골목을 따라 조금 걷다 보면 갑자기 한강공원이
나온다. 여의나루처럼 깔끔하고 예쁜 공원은 아니고,
아무렇게나 자란 덤불에 중간중간 끊기는 산책로가 있는
어설픈 공원이다. 우리는 공원 한구석에 털썩 주저앉는다.
약간 비릿한 한강 내음에도 불구하고 멀리 보이는
양화대교 불빛이 그렇게 예뻐 보일 수가 없다.

"행복하자~ 우리. 행복하자~ 아프지 말고."

내가 갑자기 자이언티의 〈양화대교〉 가사를 읊조리니, '손'이 미간을 찌푸리며 쳐다본다. 음이 하나도 안 맞는다고 타박한다. 그러더니 손수 바이브레이션까지 넣어가며 시범을 보인다. 이에 질세라, 나는 더 크게 따라 불렀다.

다음 가사를 모르는 우리는 어느새 같은 구절만 목이 쉬어라 반복하고 있었다. 눅눅한 여름 공기를, 한강 저 멀리서부터 불어오는 시원한 강바람이 밀어내고 있었다. 시답잖은 농담을 주고받으며 마음 한편에 무겁게 자리 잡고 있던 무거운 생각들을 밤바람에 흘려보낸다.

오늘도 우리는 그렇게 담을 넘는다.
폴짝

할아버지 선물
리스트

할아버지 팔순잔칫날의 이야기다. 잔치라고 해서 거창한
것은 없었고 할아버지 생신을 기념한 온 가족 외식이었다.
할아버지 환갑잔치 때는 꽤나 모양새를 갖추었던 것 같은
데, 벌써 20년 전의 일이니 기억이 가물가물하다. 처음 보는
친척도 있었던 것 같고, 다 같이 사진 찍은 기억도 어렴풋이
있다.

　　20년 전에는 무언가 꼼지락꼼지락 직접 만들어
선물이랍시고 드린 것 같다. 무엇을 만들었는지는 잘
기억나지 않는다. 머리가 어느 정도 큰 후에는 기억에 남을

만한 선물을 매년 드렸던 것 같다. '벌이'라는 것을 하게
된 후로는 제법 그럴싸한 선물도 드렸다. 선물은 매년
성공적이었다. 할아버지는 흡족해하셨고 언제나 내 선물을
지니고 다니셨다.

아, 물론, 이 글을 읽는 이들은 단지 손녀가 준
선물이라 할아버지가 그러셨을 거라고 생각할지도
모르겠다. 하지만 나에게는 그 비결이 있었다. 내게는
너무나도 분명한 '할아버지의 선물 리스트'가 있었기
때문이다.

할아버지 선물 후보군은 이렇다. 파이프 담배, 모자,
커피 혹은 독후감. 저 넷 중 하나만 될 수 있다면 꽤나
그럴싸한 선물이 된다. 흔치 않은 리스트를 본 친구들은
짐짓 놀라기도 한다. 그러면 나는 덧붙인다.

"우리 할아버지 전주 류씨 56대손이신데 예술가셔."

할아버지는 고등학교 국어 선생님으로 한평생
사셨다. 은퇴하실 즈음에는 돌연 신춘문예 공모전을 통해

작가로 등단하셨다. 예순이 넘은 나이에 장편소설을 열두 편이나 쓰셨고, 단편집도 꾸준히 출간하셨다. 할아버지의 작품들을 자세히 읽어본 적이 없어서 제대로 논할 수는 없겠다. 하지만 집필 활동을 위해 갑자기 홀로 시골 생활을 하셨던 적이나, 할아버지를 기억하는 엄마의 퉁명스러운 태도를 보면 '훌륭한 아버지'는 아니셨던 것 같다. 어떠한 삶을 사셨는지는 제대로 알지 못했다. 그와의 대화는 언제나 책에서 시작해 책에서 끝날 뿐이었다. 할아버지는 '예술'을 동경하는 사람이었고, 할아버지 바람대로 '예술'을 전공한 나는 '바람직한' 손녀였다. 그의 삶이 어떠했는지, 할머니나 엄마에게 어떤 존재였는지는 정확히 알지 못하나, 내가 확실히 아는 것이 하나 있었다. 할아버지와 참 잘 어울리는 선물 리스트는 내가 알고 있다는 것.

선물 리스트에서 모두들 가장 궁금해하는 항목은 단연 파이프 담배다. 호랑이 담배 필 시적에 필 법한 기다란 대롱 담배 말고, 셜록 홈스가 필 법한 두껍고 짧고 구부러져 있는 그런 것 말이다. 한국에서 파이프 담배를 실제로

피는 사람은 우리 할아버지밖에 못 봤다. 할아버지가
담배를 피는 반경 10미터는 갑자기 유럽으로 변한다.
난초와 산세베리아로 가득한 아파트 베란다에서도 그렇고,
커다랗게 '노인정'이라고 써 있는 건물 입구 앞에서도
그렇다. 파이프 담배를 피우고 있는 할아버진 유럽의
어딘가를 거니는 고독한 문학인이 되신다.

　　할아버지가 파이프 담배를 피신 지는 그리 오래되지
않았다. 내가 파리에 있을 적에 처음 피기 시작하셨으니
한 8년쯤 되었을까. 파리에서 지내던 어느 날, 한밤중
엄마에게 전화가 걸려왔던 그날이 아직도 생생히
기억난다.

　　"내일, 시내 나가서 파이프 담배 좀 사와."

　　"파이프 담배?"

　　"아니 왜, 그 유럽 화가들이 필 법한, 그런 꼬부라진
파이프 담배 있잖아."

　　"아니, 그걸 어디서 구해. 그리고 건강도 안 좋으시다며
무슨 파이프 담배야."

　　"일단 구해봐. 헤밍웨이도 마크 트웨인도 파이프를

피셨단다.”

갑작스러운 엄마의 주문에 다음 날 파리 시내에
나갔다. 오래된 담배가게에서 자그마치 80유로를 주고
호두나무로 만든 파이프 담배를 사왔다. 할아버지의 첫
번째 파이프 담배였다. 할아버지는 너무나 만족해하셨다.
60년 넘은 애연 일대기에 새로운 도구가 낯설 법도 할 텐데,
내 취향대로 고른 담뱃잎이 입맛에 맞지 않을 수도 있을
텐데…… 그는 연거푸 파이프 담배를 피셨다.

> 할아버지 말마따나, 그 순간 그는 밀훈의 헤밍웨이요,
> 마크 트웨인이었다.

할아버지께 드릴 수 있는 '가성비 갑' 선물의 최고봉은
커피와 독후감일 것이다. 아, 여기서 '커피'란, 할아버지와
커피 한잔하는 것이다. 할아버지는 거의 매일 믹스커피에
'프림'까지 추가로 넣은 정말 다디단 커피를 드셨다. 특이한
습관이 있으셨는데, 프림을 넣은 후에 젓지 않으셨다.
그러면 커피를 다 마실 즈음 프림의 미치도록 단맛이

천천히 올라온다. 바닥에 쌓여 있던 설탕과 프림의 뒤섞인 것들을 음미하며 마무리 지었다.

'커피 타임'에는 너무 가볍지 않은 토론거리가 필요했는데, 할아버지는 종종 책들을 추천해주셨고 우리는 커피를 함께 마시며 그 책에 대해 이야기했다. 내 입장에서는 쉽지만은 않은 자리이기도 했다. 할아버지가 추천하는 책들은 대개 세월의 흔적을 고스란히 간직하고 있는 노랗게 변색된 낡은 세계문학전집 중 하나였다. '커피 타임'을 앞두고 나는 그 책들을 읽어야 했다. 할아버지께 제대로 된 선물을 드리기 위해서 말이다.

마지막으로 모자가 있다. 스티브 잡스를 완성하는 것이 게스 청바지와 검은색 폴라티였다면, 할아버지의 패션을 완성하는 것은 모자였다. 모자의 종류도 가리지 않으셨다. 겨울에는 베레모와 두툼한 벨벳 소재의 중절모를 쓰시고, 여름에는 린넨 소재의 헌팅캡과 파나마모자를 쓰셨다. 빳빳한 모시 재질의 셔츠에 린넨 소재 모자는 그의 품위를 지켜주었다. 그렇게 그는 언제나

멋을 아는 신사가 되었다.

다시 할아버지의 팔순잔칫날로 돌아오자. 연세가
있으셔서 더 이상 파이프 담배는 안 될 것 같았다. 커피와
독후감은 이제는 다 커버린 손녀가 드리기엔 조금 부족해
보였다. 결국 후보는 하나로 좁혀졌다. 모자. 요즘 같은
장마철에 제격인, 넓은 챙의 하얀 파나마모자면 될 것 같다.
드디어 선물 오픈식이 시작되었다. 그런데 웬걸, 모두가
할아버지 생신 선물로 모자를 준비해온 것이 아닌가.

나만 말고 있는 비기秘技라고 생각했는데…… 아뿔사!
할아버지를 가장 할아버지답게 하는 선물을 다들 말고
있던 것이다!

할아버지의 선물 리스트는 할아버지가 받고 싶어
하는 선물 목록이 아닐지도 모르겠다. 우리가 기억하는,
할아버지를 할아버지답게 만들어주는 것들이었다.
집에 돌아오는 길, 엄마랑 짧은 대화를 나누었다.

할아버지는 취향이 확고한 분 같다고, 본인만의 취향과 색깔이 뚜렷한 분 같다고도 얘기했다. 그런 내게 엄마는 의외의 답을 했다.

할아버지의 취향을 알게 된 것은 엄마도 오래되지 않았다고, 환갑이 넘은 후에 할아버지가 쓰셨던 글을 읽으면서 할아버지에 대해 더 많이 알게 된 것 같다고, 그러니까 할아버지를 할아버지답게 하는 것들에 대해 알게 된 건, 엄마조차도 채 10년이 안 된 것 같다고.

다시 엄마에게 물었다. 그렇다면 나를 나답게 하는 것은 뭐 같냐고. 엄마는 '초콜릿'이라고 답했다. 엄마의 답변이 별로 맘에 안 드는 것을 보니, 정답은 아닌가 보다. 그럴싸한 다른 것이 떠오르지 않는 것을 보니, 아직 나를 나답게 하는 것을 아직 찾지 못한 것을 아닐까 생각했다. 한참 시간이 지난 다음에야 나의 색깔을 제대로 찾을 수 있을지도 모르겠다. 할아버지의 커피 속 프림처럼, 커피를 다 마실 즈음에야 찾아오는 단맛 같은 것일지도 모르겠다.

아무나 말고
아무 '나'

1. "아무나 돼."

효리 언니가 그랬다. 길을 가다 만난 아이에게 어른이
되면 어떤 사람이 될 거냐고 강호동이 물었다. "훌륭한
사람이 되어야지"라고 말하며 타박하듯 아이의 답변을
가로챘다. 이에 질세라, "무엇하러 훌륭한 사람이 되냐고,
아무나 돼"라고 말하며 이효리가 아이를 달래준 것이다.

텔레비전을 거의 안 보는 나는 이 일화가 한창
이슈가 되었을 때는 몰랐다. 얼마 전에 한 블로그에서

이효리를 예찬하는 글을 보고서야 알게 된 것이다. 그런데 애석하게도 제일 먼저 든 생각은 어떤 통쾌함이나 감탄도 아니었다. 되레 묘한 기분이 들었다.

'그거 이효리니까 할 수 있는 이야기 아니야?'

이효리가 얘기한 '아무나'는 고작 '대책 없이 사는 삶'을 이야기한 것은 아닐 것이다. 아이가 지나친 욕심에 괴로워하기보다는, 스스로에게 만족하며 즐기며 살아가기를 바랐던 건 아닐까. '아무나 되라'는 말 뒤에는 '어느 정도 내려놓아야 한다'는 뜻도 있을 것이다.

그렇게 해석하더라도 '아무나 된다'는 것은 생각만큼 쉽지 않다. 하물며 꿈이 없는 사람에게도 그냥 흘러가는 대로 '아무나' 되는 것이 어려운데, 꿈이 있던 사람에겐 더욱 쉽지 않다. 그 꿈이 크건 작건, 적지 않은 시간들을 그 꿈을 향해 걸어온 사람들에게 '아무나 돼'라고 쉽게 말할 수 없다. 어떤 것을 이루기 위해, 혹은 어떤 삶을 살아내기 위한 한 개인의 노력을 쉽게 내려놓을 수는 없는 것이다.

게다가 많은 이들이 '꿈을 내려놓은 사람들'

또는 '아무나 된 사람들'에 대해 너무 쉽게 얘기하곤

한다. 예술가를 꿈꾸다 학원 강사를 하고 있는 이들을

동정하기도 하고, 창업을 시도하다가 다시 월급쟁이가 된

이들에게 '실패'라는 딱지를 붙이곤 한다. 별다른 목표는

없지만 하루하루 즐겁게 살아가고 있는 이들에게도

'안주하는 삶' '권태로운 삶'이라고 함부로 정의하곤 한다.

결국 '아무나' 된다는 것은 '무언가' 되기 위해 노력했던

시간과 타인의 시선을 극복해야만 도달할 수 있는 결코

쉽지 않은 과제인 셈이다.

　　나는 모순되게도 이것저것 질문하는 후배들에게

(마치 이효리처럼 멋들어지게) "뭘 그렇게까지 해, 대충

살아"라고 말하면서도, 정작 나는 매일 아침 '아무나 될까

봐' 두려워하고 있다.

　　대표작 하나 없는 디자이너로 커리어를 끝낼까 봐……

　　나의 작은 사업들이 그냥 이 정도로 흘러가다 어느 날

사라질까 봐……

어느 날 내가 글 쓰는 힘을 소진해버려 더 이상 글을 쓰지 못하게 될까 봐……

결국 프리랜서 생활을 접고 다시 구직 생활을 하게 될까 봐……

대표작 없는 디자이너가 되어도, 이대로 사업을 접어도, 더 이상 글을 쓰지 않아도, 다시 구직 활동을 하게 되어도, 절대 '잘못된 삶'을 살고 있는 것이 아닐 텐데, '아무나'의 족쇄는 되레 나 스스로에게 채워져 있었다. 그래서 효리 언니의 멘트가 더더욱 묘하게 느껴졌다.

'아무나 돼'라는 말, 생각보다 쉽지 않으니까.

2. 뭐라도 되어 있을 것.

이제 갓 스무 살이 된 브런치 구독자에게 메일을 받았다. 내 글의 어느 포인트에서 내가 대단하다고 느끼셨는지는 모르겠지만, 하여튼 내가 마냥 부럽고 나중에 나처럼 지내고 싶다고 하였다. 여전히 다음 달

생활비가 걱정이고, 전혀 프리하지 않은 프리랜서로
살아가는 나를 보고 말이다.

대학에 입학했는데 전공이 맞지 않아서 다른 활동들만
열심히 한 이야기. 어찌어찌 프랑스에 갔다가 정말 다른
일을 하게 되었던 이야기. 결국 다 접고 한국에 와서 전공을
살려 직업을 선택한 이야기. 다시 회사를 나와 프리랜서로
살아가는 이야기. 어쩌다 숙박업에 뛰어들었다가 코로나로
결국 다 정리한 이야기. 오래도록 하고 싶었던 소품 가게를
운영하고 글과 그림을 병행하며 'N잡러' 생활을 다잡고
있는 이야기.

나의 지난 8년은 두서없는 '막살기'의 연속이었다. 정말
아무렇게나 살고 있었는데, 누군가는 '부럽다'고 말하는
삶을 살고 있는 것이다. 꿈도 직업도 해마다 바뀌었지만
어찌어찌 '뭐라도' 되어 있었고, 가만히 들여다보니 지금의
나는 스무 살의 내가 동경하던 모습과 비슷해져 있었다.
또 그만큼 시간이 흐르면 지금의 내가 동경하는 모습으로
성장해 있지 않을까.

그 독자께 보내는, 혹은 나를 위한 메시지로 브런치

글을 마무리했다.

> 8년 전에 나와 지금의 나는
> 너무나도 다른 꿈을 꾸고 있지만,
> 지금의 내가 못나지는 않았다고.
> 그렇다면 8년이 또 지나면,
> 다시 '뭐라도' 되어 있을 것이다.

3. 아무 '나' 된다는 것.

나는 여전히 매일 밤 불안감에 잠을 설치지만,
그렇다고 못 살 정도는 아니다. 느리지만 한 걸음씩
나아가고 있다. 시시때때로 계획이 바뀌었지만 어느
누구도 손가락질하지 않았다.

'아무렇게나' 산 듯한 지난날을 톺아보면, 선택의
순간순간마다 이유가 있었다. 어떤 때는 '적성에 안 맞아서',
어떤 때는 '박봉이어서', 어떤 때는 '이게 더 재밌어 보여서'.
그리 거창한 것은 아니더라도 무언가를 선택하는 그

순간에는 나 자신에게 가장 솔직했었다. 선택의 순간마다 무수한 마침표에 도달했고, 그 점(마침표)들이 모여 새로운 별자리를 만들어낸 것이다. 그리고 여전히 만들어가고 있는 것이다.

나는 효리 언니 말대로 쿨하게 '아무나' 될 위인은 못 된다. 어떤 유혹에도 흔들리지 않는다는 불혹의 나이가 될 즈음에는 '아무나' 될 수 있을까. 지금으로서는 하고 싶은 것도 너무 많고, 아직은 밤낮없이 내달릴 힘이 넘쳐나는 청춘인 것 같다.

차라리 이렇게 말하겠다.
무언가 되긴 될 텐데 그게 뭔지는 모르겠고
이래도 나, 저래도 나일 테니
그렇다면 아무 '나'가 될 거라고 말이다.

오늘도 나는 '아무' 옷이나 입고 '아무' 카페로 출근했다. '아무' 음료나 시켜서 '아무' 글이나 쓰고 있다. 무수한 '아무'의 순간들이 쌓여가면, 어느새 어제보다 조금

나은 '나'가 되어 있을 것이다.

"어른이 되면 어떤 사람이 될래?"

"아무, 나!"

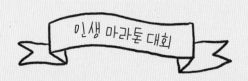

인생 마라톤 대회

우리는

각자의 속도로

나아가고 있는데

......

A양은 천천히 사색을 즐기는 타입이었다.
주변의 모든 것을 음미하며 천천히 한 발 한 발 내딛었다.

B양은 목표한 바를 향해 매일매일 힘을 기르고 있었다.

그리고 나는 와다다다 타입이었다.

치고 나갈 때면 말도 안 되는 속도로 추진해 나갔다.

불안 불안해 보여……
페이스를 유지해야지……

괜찮아?
그러니까
천천히 가……

와다다다의 부작용은 명확했다.
와다다다가 끝나면 녹다운되곤 했으니까.

그래서 이젠
천천히 삶을 음미하기도 하고
꾸준히 달릴 수 있는 체력도 키워보려 했다.

하지만 결국, 내 삶의 속도는 '와다다다 모드'가 아니면
안 된다는 것을 알았으니......

워라벨이 아닌 워워워라벨이 필요하다는 것을 깨닫고,
와다다다 순간을 내 방식대로 준비해 나갔다.

어느 순간은 말도 안 되게 달리다가
또 어느 순간은 푹 재충전하는 것을 반복하기도 했다.

내 방식이 틀린 것이 아니라

그저 내 삶의 달리기는 이런 방식이었던 것이다.

인생의 속도에 정답은 없다.
각자의 속도를 인정하는 것이 필요할 뿐.

와다다다~
이제 준비되었다!

누군가에겐 이상한 언니였다

'손'과 일본 여행 갔을 때의 이야기다.

교토 가와라마치역에서 내려 굽이굽이 골목을 지나 무작정

어떤 가게를 찾아 '손'을 이끌었다.

"아니, 도대체 어디 가는 건데?"

30분 정도 헤맬 즈음부터 '손'의 볼멘소리가 터져

나왔다. 아랑곳하지 않고 분주하게 움직이는 나의

시선에 드디어 그 가게가 잡혔다. 간판 하나 없이

숨바꼭질하듯 숨어 있던 그 가게는 오하시 아유미가 운영하는 io+(이오플러스)였다. 귀밑으로 똑 떨어지는 단발머리에 동그란 안경을 쓰고 있는, 여든이 다 되어가는 나이가 믿기지 않을 만큼 감각적인 스타일링의 오하시 아유미는 1960년대부터 활발하게 활동해왔던 베테랑 일러스트레이터다.

그녀를 일러스트레이터라고 정의하기에는 아쉬운 점이 많다. 일러스트레이터로 무라카미 하루키 등 당대의 작가들과 협업하면서도, 작가로서 자신의 이야기를 담은 수십 권의 에세이를 출간하였다. 직접 기획하고 취재하여 계간지 《아르네^Arne》를 발행했고, 자신의 취향을 한껏 담아낸 편집숍 io+를 운영하며 50대 여성을 위한 패션잡화 브랜드까지 론칭했다.

여든 가까운 나이에도 그녀의 열정은 식을 줄 몰랐다. 임경선 작가가 산문집 《교토에 다녀왔습니다》에서 표현한 대로, 그녀는 "오래오래 자신의 일을 해내가는 여자"이자 "스스로 일을 만들어내는 사람"이었다.

io+로 향하는 좁은 계단을 올라가던 순간은 그

여행에서 가장 설레던 순간이었다. 어떤 물건이 있는지
보고 싶다기보단 저 계단 끝에 오하시 아유미가 있기를
바랐다. 아쉽게도 그녀 대신 직원들이 가게를 지키고
있었다.

이곳저곳을 살펴보다 보니 고개가 절로 갸우뚱해졌다.
진열되어 있던 그릇, 옷, 액세서리, 책…… 무엇하나
통일성이 없기 때문이다. 부정적인 갸우뚱만은
아니었다. 어우러지지 않을 것 같은 것들이 어우러지고
있었고, 하나하나 살펴볼수록 이 가게의 주인장이 점점 더
궁금해질 뿐이었다.

그곳 직원들이 행여 내 이야기를 알아들을까
걱정하면서도, 벅찬 목소리로 '손'에게 이 얘기 저 얘기를
쏟아내었다. 그녀가 무엇을 해왔고, 지금 이곳은 어떤
가게이며, 그녀와 이곳과 이곳의 소품들이, 그 아우라가
나한테는 왜 이토록 신기하고 놀라운지에 대해, 마치
그녀와 오래 알고 지낸 사람마냥. 내 이야기가 끝날 즈음,
'손'이 나지막이 중얼거렸다.

"이상하고 재밌는 할머니네."

결국 빈손으로 나왔지만, 아유미의 그림이 그려진
에코백을 몇 번이나 들었다 놓았다 했는지 모르겠다.
마음에 쏙 들어서라기보단, 이토록 흥미로운 사람을 향한
덕질에 가까운 구매 충동이었다. 겨우 마음을 진정시키고
역에 다시 도착했을 즈음에야 내 마음이 그토록 일렁이던
이유를 알게 되었다. 작은 목소리가 내게 내내 속삭이고
있었던 것이다.

나도 저렇게 나이 들고 싶다.
하고 싶은 일을 즐겁게 오래 하고 싶다.
누군가에게 영감을 주는 사람이고 싶다.
이상하고 재미난 할머니가 되고 싶다.

문득, '이렇게 살아도 될까'라는 질문이 떠오를 때, 나는
종종 아유미의 삶을 생각했다. 그녀는 이렇게 말하며 나를
다독여주는 듯했다.

"괜찮아, 재밌게 나이 들어가고 있어."

가끔은 그녀가 이뤄낸 성취가 하나의 높은 잣대가
되기도 했다. 내가 왜 그녀의 삶을 동경했는지, 그
본적인 이유가 잊히곤 했다. 탁월한 일러스트레이터라는
사실, 하루키의 책에 삽화를 그렸다는 사실, 훌륭한
에세이스트였다는 사실, 수만 부가 팔린 잡지를 펴냈다는
사실, 이토록 매력적인 숍을 운영하고 있다는 사실…….
그녀가 이뤄낸 지표는, 그녀는 '이상하고 재미난 할머니'가
아니라, 성공한 일러스트레이터이자 작가이자 잡지
발행인이자 편집숍 사장이라는 점을 강조하고 있었다.
그렇다면 그녀를 향한 나의 마음은 더 이상 설레지 않았다.
재밌지 않았다. 내 꿈은 그런 게 아니다.

얼마 전 나의 소품 가게 '로스트앤파운드'를
운영하면서 크나큰 슬럼프가 온 것도 이 때문이었을
것이다. 최근 매출이 급성장했고 팔로워가 크게 늘었다.
취미 삼아 시작했지만, 이제는 사업체의 모양새를 제법

갖춰가고 있었다. 그런데 슬럼프가 온 것이다.

일이 많기도 했지만, 그보다는 '하기 싫은 마음'이
컸다. 홍보 포스팅을 하나하나 올릴 때마다 재미가 없었고,
어울리지 않는 옷을 입은 듯했다. 지금 이대로라면 나는
'이상하고 재미난 할머니'에 닿을 수 없을 것만 같았다.

나는 다시, 내가 무엇을 목표로 하고 있는지
들여다보았다. 어떻게 해야 매출이 늘어날지 고민하고,
나의 취향과 다르더라도 '잘 팔리는 물건'이 무엇인지에
집중하고 있었다. 물론, 이런 고민 자체는 잘못된 것이 전혀
아니다. 다만, 나라는 사람은 숫자로 표현되는 매출 성장
추이보다는, 내가 지향하고 좋아하는 가치로 가득 채운
공간을 운영하는 것이 더 소중한 사람이었다.

내가 아유미의 삶을 동경한 건, 그녀가 이룬 성취
때문이 아니라 그녀가 '이상하고 재미난 할머니'였기
때문이었다. 마음이 고요해지면서 나의 불안함도 사라졌다.
다시 가게를 운영하는 일이 즐거워졌다.

친한 동생을 만났다. 독일에서 유학하고, 지금은

그토록 원하던 파리의 한 회사에서 일하고 있는 멋진 동생이다. 묵묵히 자기 일을 열심히 하며 정진하는 그녀를 보면, 안나 윈투어나 밀라논나(장명숙)가 생각난다. 몇십 년 후 그녀는 그들처럼 자기 분야에서 멋지게 성장해 있을 것이다.

어쩌면 우리는 각자의 꿈을 향해 힘써 나아가고 있다는 점 외에는 별다른 공통점이 없는데도, 몇 시간이고 긴 대화를 나눴다. 서로의 일상이 너무너무 달라 신기하기도 했고, 가끔 그녀가 존경스럽기까지 했다. 그녀의 한 걸음 한 걸음이 대단해보였다. 내 이야기가 부끄러워질 즈음, 그녀가 나직이 읊조렸다. 약간의 취기가 더해진 목소리였지만, 또렷이 들려왔다.

"언니는 내가 아는 사람 중에 제일 이상하고 재미난 사람이에요."

'이상하고 재밌다.' 놀랐고 감사했고 궁금했다.

"무엇이 그렇게 이상하고, 무엇이 그렇게 재미나니?"
"음, 자꾸 그렇게 희한한 길로 들어서는 것이 이상한데
또 그 길을 언니 방식대로 잘 가고 있는 것 같아서
재미나요."

더 이상의 질문은 부끄러워 삼갔다. 그러나 자꾸
상상되는 흐뭇한 미래에 혼자 실실 웃기까지 했다. 내가
운영하는 작고 따뜻한 가게에 놀러오는 멋진 그녀의 모습.
그녀가 디자인한 차를 타고 와서 이것저것 많이 사주면 더
좋겠다.

때때로 매일매일 살아가는 '지금의 나'와 내가 꿈꾸는
'미래의 나' 간에 괴리가 느껴질 때가 있다. 묵묵히 걸어가고
있지만, 매일매일 새기는 이 발자국이 미래로 이어지지
않으면 어쩌지 하는 두려움이 있다.

그럼에도 불구하고
오늘의 나는 누군가에게 이상하고 재미난 언니다.

뜻대로 되는 것은 아무것도 없지만 뜻대로 살고 있는
이상하고 재미난 언니인 것이다.

　　날씨가 좋은 날이면 노트북을 덮고 할머니가 된
나의 모습을 상상해본다. 아직은 아유미처럼 성공한
작가로도, 편집숍의 주인으로도 상상되지 않는다. 단지
그보다는 어찌어찌 내 가게를 찾아오는 한두 명의
사람들이 떠오른다. 그중 한 사람은 오래전부터 알고
지내던 지인인데, 반가운 소식을 전해주려고 찾아왔다.
또 한 커플은 우연히 내 가게 이야기를 듣고 호기심으로
찾아왔다. 마치 내가 아주 오래전에 '손'을 이끌고 io+로
향했던 그날처럼 말이다. 그리고 이 민망하고 행복한
상상은 그 커플 중 하나가 중얼거리는 목소리로 끝난다.

　　"여기가 그 이상하고 재밌는 할머니가 하는 가게래."

"어려서 그렇습니다"라고 외치기에
늦은 나이란 없으니까

2019년 6월, 이 글을 쓰기 시작했습니다. 첫 글을 썼을

때는 휴직한 상태였어요. 오양, 이양과 함께 홋카이도를

여행하던 중에 '글을 쓰고 있다'는 생각을 처음 하기

시작했어요. 막연했지만 강렬했던 그 마음은 한국에

돌아오자마자 첫 글 〈퇴사의 계기〉로 이어졌지요.

그러니까 첫 글은, 실은 퇴사하지 않은 상태에서 써내려간

글이었답니다. 선 '글', 후 '퇴사 통보'랄까요.

　《어려서 그렇습니다》라는 제목 역시 큰 생각 없이

지었어요. '브런치'라는 플랫폼에 익숙하지 않아 이것저것

더듬다가 실수로 제 작가 이름을 '어려서 그렇습니다'라고 지정해버렸거든요. 어영부영 계속 연재하다 보니, 어느새 책의 제목이 되어버렸네요.

처음 글을 쓰기 시작한 지 햇수로 헤아리면 3년이 되었어요. 퇴사 이후 이것저것 시도하다가 작은 성공에 환호했다가도 좌절하기도 하고, 극심한 슬럼프를 겪기도 하면서 차츰 홀로서기에 근접하게 되었지요. 이 글은 그 과정에 대한 기록이에요. 단 한순간도 완성된 적이 없었던 현재진행형인 이야기 말입니다. 마감을 코앞에 둔 지금, 저는 또 다른 시작과 과정을 꿈꾸고 있답니다.

뜻대로 되지 않아도 뜻대로 살 수 있는 것은 아직도 제가 어리기 때문인지도 모르겠습니다. 할머니는 엄마를 타박하시며 이렇게 말씀하시곤 합니다. "아휴, 어려서 그렇지. 좋겠다." 20대, 30대의 저도, 50대의 엄마처럼 "어려서 그래!"라는 이야기를 듣고 싶습니다. 열정과 불안 사이에서 아슬아슬한 줄타기를 하며 오롯한 나로 살아가고자 할 때, "네가 어려서 그래"라고 말하는 세상을 향해, 되레 당당하게 "제가 어려서 그렇습니다"라고 맞설 수 있기를 기대합니다. "어려서 그렇습니다"라고 외치기에 늦은 나이란 없으니까요.

뜻대로 되지 않아서 고통의 시간을 지나고 계신 분들께, 이 책이 작은 위로가 될 수 있다면 더 이상 바랄 게 없을 것 같습니다. '뜻대로 되지 않아도 뜻대로 사는' 여러분의 삶을 응원합니다.

2021년 봄, 김영지 드림.

어려서 그렇습니다

1판 1쇄 찍음	2021년 3월 24일
1판 1쇄 펴냄	2021년 4월 5일

글·그림	김영지
펴낸이	김정호

펴낸곳	디플롯
출판등록	2021년 2월 19일(제2021-000020호)
주소	10881 경기도 파주시 회동길 445-3 2층
전화	031-955-9503(편집) 031-955-9514(주문)
팩스	031-955-9519
이메일	dplot@acanet.co.kr
페이스북	https://www.facebook.com/dplotpress
인스타그램	https://www.instagram.com/dplotpress

책임편집	김진형
디자인	정계수

ⓒ김영지, 2021
ISBN 979-11-974130-0-1 03810